Naomi Ishiguro

ESCAPE ROUTES

逃生路线

[英] 石黑直美 ——— 著

姚平 张北 ——— 译

上海译文出版社

献给我的父母

也献给本

目 录

巫师 ……………………………………… 001

熊 ………………………………………… 059

捕鼠人 I ………………………………… 073

心病 ……………………………………… 115

剪羊毛的时节 …………………………… 153

捕鼠人 II：国王 ………………………… 171

加速! …………………………………… 213

平屋顶 …………………………………… 249

捕鼠人 III：新国王和老国王 ………… 263

致谢 ……………………………………… 301

巫　师

阿尔菲走在布莱顿海滩的鹅卵石沙丘上，准备去冰激凌摊，突然，一个拿着飞盘的红发男孩向他冲了过来，两人同时跌倒在地。阿尔菲差点叫出声来，但及时忍住了，他反而努力挤出一丝微笑，因为据他刚刚观察，这个男孩是那边一群孩子中的一员，他们像小狗一样在海浪中嬉戏，无缘由地大笑，彼此喊着"泼你一脸"和"邦咯浪"这类奇怪又神秘的词语。

　　"你好。"他对拿着飞盘的男孩说。

　　"你好。"男孩回复道，他刚刚站起了身，准备要飞奔回去，眼睛看着那一大群在海边等着他并朝他挥手的朋友。他朝着朋友所在的方向掷出了飞盘，飞盘在蔚蓝的天空划过一抹明亮的橘色，这时他才转头看向阿尔菲。

"你为什么穿成这样？"他说，"看起来真奇怪。"

随后男孩走了，回到了朋友那里。阿尔菲从硌人的鹅卵石上站了起来，拍了拍裤子和条纹衬衫，这是妈妈专门为度假给他买的。

这没什么，阿尔菲对自己说。反正那些孩子看起来也不怎么有趣。一方面，他们可能都没自己大，另一方面，除了吵吵闹闹和大声嬉笑之外，他们没什么好玩的。吵闹的孩子常常是这样。况且，如果自己不去买冰激凌，直接跑去和他们一起玩，那妈妈会怎么说呢？如果他就这么跳进海浪里，和他们一起打闹，边笑边尖叫，溅起海里的碎沙砾，这时妈妈可能会说："沙子会溅到眼里的，甚至更糟糕，你会把沙子溅到别人眼里。"如果他在四月天灼热的阳光下跑向晶莹的海面，拍打水花，水珠四处乱溅，妈妈会说："那会把防晒霜都冲掉的。你知道那意味着什么吗？意味着皮肤癌，阿尔菲，宝贝，那时候谁还笑得出来？"

可是阿尔菲想不出谁笑得出来。也许是那些孩子吧，他们仍然会像一群小狗一样在布莱顿海滩的水边玩水，而他则躺在医院的病床上，穿着病服，身体连在一个巨大的机器上，上面插着各种管子，就像电影和电视节目中人们生病的景象一样。自己还会秃头，就像"喜剧救济"和"拯救儿童"①慈善活动中所有患癌的孩子一样。就像妈妈说的那样，他会得癌症，而海边的这些孩子却还能继续玩耍。

不过他可不能浪费时间，这时候妈妈和华莱士肯定在想他跑去哪儿了。他打起精神继续往前走，穿过沙滩走向冰激凌摊，但他的双脚现在深陷在海滩上堆得厚厚的鹅卵石里，周围到处都是人、毯子和各种沙滩用具，要想前行比看上去难得多。

他边走边想，要是自己真的得了癌症，他只要撑到十一岁，到时他的魔法就会启动。他能上魔法课，并学会治愈自己的方法，因为像他这样的巫师是不会得癌症的（他还在想，海边那些嬉笑的孩子会不会也是巫师），即使得了癌症也很快就能痊愈，因为他们有神奇的自愈能力。阿尔菲意识到，自己拥有潜在的魔法，所以涂不涂防晒霜，或在不在水边玩都没有关系，妈妈错了，彻底错了。

---

① "喜剧救济"是一家英国慈善组织，主要通过英国的喜剧明星给大众带来欢乐的同时募集捐款；"拯救儿童"是英国 BBC 公司从 1980 年开始筹办的一项长期大型募捐活动，目的是要帮助英国需要帮助的小朋友和年轻人。

但是，红脸的华莱士肯定会马上站到妈妈那一边，他们还会说自己"任性、不听话、难管教"，跟他们解释和争辩太费劲，干吗要费力不讨好呢？老实说，最好还是等到自己满十一岁，到时就可以不用防晒霜，因为他也不想在还没有魔法治疗能力之前就患上癌症。他得等，这样才是明智的。在学校的时候，伦诺克斯老师经常说他拥有超越年龄的智慧。尽管她的牙齿很奇怪，而且还无法发出"s"的音，读出来就像"th"，就算这样，他还是喜欢伦诺克斯老师。还有不到十个月，他就会成为一名巫师，到时他就得离开伦诺克斯老师，这太让人难过了。但如果那时是因为得了癌症而不得不离开她，那就更糟了。因此，他要涂防晒霜，不去海里玩，不戏水，不在海边捣蛋。他可以等。

　　阿尔菲转过头去，不再看那些孩子，他费力地走过了最后一段路，很快走到了冰激凌小贩面前，那人面部粗糙不堪，还戴着一只耳钉。

　　"我要两个巧克力棒蛋筒冰激凌，"他说，"还要一个柠檬雪葩。"

卢西亚诺是个算命先生，别人也叫他彼得。在布莱顿海滩，有些瘾君子也叫他"哥们"或"兄弟"。因为他是个白人，二十八岁的他扎着脏辫，一年四季穿着人字拖，站在算命摊的阴凉里，收集钥匙、钱包、太阳镜和头巾。他今天早早地收了摊，想着好好享受一番——晒晒太阳，吹吹海风，趁着太阳没落山，夜幕还没降临，感受下宇宙的美好。不去尽情享受生活简直是一种罪过，现在才四月，即使是在南海岸，甚至是在拥有著名小气候的布莱顿，现在都异常暖和。多么神奇的布莱顿小气候啊！当然，无论何时，只要有人提到布莱顿的气候，或非要说它多么重要，算命先生卢西亚诺/彼得都会像其他市民一样点头附和，但是内心却觉得布莱顿和英国其他地方一样暗沉沉的。

他大声哼着《神奇的天空演唱会》①中的一小段，陶醉其中，并把印花头巾重新绑在自己浓密的头发上。（这时他

---

① 歌曲名，*The Great Gig in the Sky*。

脑海中响起了微弱的声音:"天哪,唱得比弗兰克·西纳特拉差远了,不是吗?"这声音像他的老爸一样惹人烦。)……哦,可他干吗想这些?之前自己在想什么来着?在开始哼曲子,在想到自己老爸,想到自己难听的嗓音之前,自己在想什么来着?对,是在想布莱顿的小气候,想这反常的天气,还有……还想到了宇宙!对,刚才就是在想这些。这个时候想那么多干吗?他应该为自己的幸运感恩,感恩自己能活在这么美妙的世界上。和其他人一样,自己也是这个美妙世界的一员,拥有宇宙这么博爱的母亲。这一点老爸要是不同意,那他就是白活了一场。他把太阳镜推到了乱蓬蓬的头发上,趿个人字拖就往摊子外走,一直走到柏油路上。他在心里默念阿门,虽然他也不知道自己在祈祷什么。他走出了摊位,外面的阳光和这突如其来的温暖让他迷失了方向。

这是一个漫长的冬天,人们说这是自1996年以来最糟糕的冬天。1996年2月,木星有三个星期与土星错位,而且水星逆行。要么就是金星与土星错位了?他现在记不清楚了,但可能就是这样。或许只是视角的问题,实际上是土星与金星错位了，其实跟水星没多大关系。他稍后得去查一查，今晚吧，但是……但是自己实在不该用这些复杂，甚至带有学术性的问题来折磨自己的脑袋。想想吧！这里可是布莱顿，一座充满荣耀的传奇城市，骑着摩托的摩登青年和摇滚歌手齐聚一堂。（其实每次踩着滑板从这群人身边经过时，他都会大喊："兄弟，摩托车尾气对我们的地球母亲可不好！"）这里还有著名的英皇阁（它的设计充满殖民风情，很怪异，还有点俗艳），还为数十年来海滨售货摊售卖的成人明信片提供了丰富素材，买了这些明信片可以寄给数英里外的亲朋好友（实话说，明信片上的说明文字总让他有点难为情）。他拉上了自己摊位上的百叶窗，心里想：布莱顿这个城市总的来说还是个不错的地方，毕竟自己也移居此地。得加快动作了，要不然再过差不多五小时，天就该黑了。

"你好，"就在他拧钥匙的时候，从他身后传来女人的声音，"你是准备去吃午饭或买杯咖啡吗？或是买些东西之后就回来？我今天难道要错过算命的机会了吗？"

她是个美国人，长得很漂亮，笑起来很迷人。她肯定花了不少功夫护理牙齿，说不定在脸上也花了些功夫。其实她并不算年轻，不过一点也不老。可以肯定的是，她比卢西亚诺/彼得看上去要年长几岁。不过，当她站在他面前，在算命摊的阴凉下朝他眨眼时，有件事真的打动了他。那就是——她的身高正好。

其实，卢西亚诺/彼得并不是特别矮。只是因为英国人个个都高得吓人，所以在某些情况下他才显得有些矮。要是在日本，他的身高就处于中等水平。所以他觉得日本才是他的精神家园。当然，要是日本人也开始像西方人一样，吃含有大量生长激素的可怕的资本主义垃圾食品，那就另当别论了。他从来没有真正去过日本，所以不知道日本人到底吃些什么，也不知道他们到底有多高。不过他可以百分之百确定，眼前这个向自己眨眼的美人，身高绝对刚刚好。假如把她轻轻地拥入怀中，自己的下巴正好可以放在她那蓬松的秀发上。（想到这里，他脑袋里又响起父亲的声音："儿子，别做白日梦了，她要是知道你是什么德行，看都不会多看你一眼。"）她看起来像是从加利福尼亚来的，那儿有海滩男孩乐队、极限运动品牌奥尼尔，还有 66 号公路的尽头。显然，她和自己是一类人。

"啊，"卢西亚诺/彼得说，"还有一个人，就在滨海大道的尽头，叫萨菲尔·布鲁。他也给人算命。"

虽然她和自己是一类人，但是他此刻真的很紧张。一个身高恰好的美人正好也想和你说话，而且她还突然出现在你的摊位前，这样的好事可不是每天都能发生。

"那太可惜了，"女人咬着指甲说，"我朋友让我来找你，她说你是布莱顿算命最准的人。"

他朝外看向一片碎石滩和沙砾，外边的游客自由自在地沐浴在阳光下，尽情享受着眼前的美景。他回头看着眼前的女人，她穿着一件低胸露肩装，手里正摆弄着一个吊坠，那是紫水晶做的，就挂在女人长着些许雀斑的脖子上。

"那是你的诞生石吗？"他问道。

她点点头。"我是水瓶座。金星上升相位。"

他是天秤座，两人简直绝配。

他脸上洋溢着幸福的笑容，不经意间，他的手碰到了她的上臂。她紧致的皮肤摸起来很温暖，还有些湿润。他想：如果自己把手抽回来，舔下手指，可能会尝到一点咸味。

（"令人作呕。"父亲的声音再次在脑海中响起。）这么做也无可厚非吧？上天为我恰到好处地送上这么个美人，这么巧，这么妙，这样的机会可不多见。

"如果是这样的话，我就破例一次吧。"他将钥匙重新插回百叶窗的锁中，再次开摊，里面摆着捕梦网、星图和各种颜色的印度丝绸，他希望这些能给她留下深刻的印象！

*

阿尔菲买完冰激凌回来后，跟妈妈和华莱士一起坐在毯子上。一切进展顺利，阿尔菲庆祝了会儿自己的"大获全胜"（他只是在心里默默庆祝，安安静静地，没有喧哗，也没有把欢喜表现出来）。自己买回来的冰激凌既没弄洒，也没掉在地上，妈妈自然没有理由说他"任性、不听话、难管教"！这得归功于那位耳朵尖尖的冰激凌小贩，是他用个巧妙的小纸盒帮自己把冰激凌装起来的，这样他才能一次拿着好几个冰激凌，轻轻松松地把它们带过来。多亏了他，自己才能顺利完成任务。要是伦诺克斯老师在这儿，她肯定会说：恭喜你凯旋！她经常这么夸自己，其实他并不完全理解她说的意思，但想来，说的肯定是最好听的夸奖，这可能也是因为自己懂的不多吧。

阿尔菲脑子里还想着"凯旋"二字，这时他注意到，沙滩的另一边有一只风筝飘扬在蓝蓝的天空中，风筝上有绿色，也有紫色，尾巴上还带着银色的亮片。阿尔菲目不转睛地盯着风筝，他看到风筝线隐隐闪现在空中，顺着风筝线，目光穿过嘈杂的人群，他发现原来放风筝的是个女孩，她穿着一条黄色的连衣裙。自己本来还在想"凯旋"两字呢，怎么突然就发现了这只飞旋在空中的风筝以及这个女孩？这真是太神奇了！仿佛他是用魔法把女孩和风筝给召唤出来的，虽然他根本没想过要这样做。女孩看起来比他大几岁，而且还比他高很多。他就这样看着她，由于各色人群混在他的视线中，慢慢地，眼中的女孩开始变得越来越模糊，直到最后，她的身影化为淡淡的黄色，就像一朵黄黄的水仙花。这时，阿尔菲才开始吃手中的冰激凌。

阿尔菲脑海里还想着"凯旋"二字，他想到了伦诺克斯老师发数学试卷的场景，在充满了消毒剂味道的教室里，她从一排走到另一排——她的鞋子仍然像往常一样嗒嗒作响，但是在暗绿色的地板砖上声音消失了——她在阿尔菲的桌边停了片刻，然后递给他那张完美的答卷，上面所有的答案都书写得整齐有序，仿佛考试时自己对所有题目的答案都胸有成竹，就像《007之霹雳弹》里的布洛费尔德一样。（实际上，他在考试过程中非常紧张。虽然他十分喜欢伦诺克斯老师，但只要是和她有关的事情，阿尔菲都会感到很紧张。）整张试卷一个个红色的对钩整齐地排列在答案旁边，就连每个对钩的大小竟然都一样，仿佛就是为了肯定自己做对了这么多道题。一个对钩下面接着另一个，整整齐齐的，就像一排排房子一样。"恭喜你凯旋！"当时伦诺克斯老师就是这么对自己说的。那天晚上，阿尔菲回到家后，在自己的房里高兴地乱蹦乱跳，不断转圈圈，最后猛地跳上床，四仰八叉地躺着。他慢慢地闭上了眼睛，不去看头顶掉漆的天花板，就像不看刺眼的阳光一样。在黑暗中，他仿佛看到了各种颜色，有蓝色、粉红色、淡紫色，还有金色，这些颜色就像拥有生命的颜料一样在他周围飞舞，还像鹦鹉的翅膀，又像是伊莫根生日会上猫鼠游戏里的降落伞丝，它们都围着自己转来转去。如果自己能重回伊莫根的生日会，他要带着伦诺克斯老师给自己打的对钩，带着这份胜利，坐在降落伞下转圈圈，放声尖叫，而且完全不怕打滑跌倒。如果他真的跌倒了，还磨破了裤子，摔出了瘀青，或有点擦伤，或是扯破了衬衫，即使这会让妈妈感到心烦意乱，并对自己大失所望，也没关系，他什么也不担心。就算他因为调皮被抓住了，他也会大声地笑，而且笑声比任何人都要大，直到自己的笑声盖过所有人的声音。就像现在，想到伦诺克斯老师给自己打的大大的对钩，想到凯旋，这些念头同样会盖过那些在海边玩耍的孩子的嬉闹声。阿尔菲心想：他的这种能力，这种盖过的能力，这种凯旋，也是一种魔法。

"阿尔菲宝贝，你把袖子弄脏了。"长着一双肉手的华莱士说道。他说对了，一想到美好的回忆和过往的种种辉煌，他就容易分心，结果冰激凌已经沿着右手流到了新衬衫的袖子里。海滩上的其他孩子都没穿衬衫，所以就算冰激凌滴到他们身上也没关系。他们穿着泳衣，四肢都露在衣服外面，就像树一样。其实"四肢"这个词源自"树"，在过去，人们提到树枝的时候都会用到这个词，难道人与树之间有种神奇的联系不成？阿尔菲之前并不知道这些，这是伦诺克斯老师告诉他的，这太神奇了。或许这才是真正的魔法，等到他需要学习怎么使用魔法时，他完全不用学习一些又愚蠢又孩子气的东西，比如"嘛呢叭咪吽"和"阿布拉卡达布拉"，或像那些派对艺人表演的那样。相反，他要学的东西一定是基于自己对于不同事物特殊联系的独特见解，而且，伦诺克斯老师明年还会教他更多的知识。他真希望自己想的都会成真，这样就不用离开伦诺克斯老师了。没了她，他的生活会变成什么样子？要是离开了伦诺克斯老师，要是有关"凯旋"的一切联想慢慢地从自己大脑中淡去，那样的生活，他想都不敢想，就算只是在假期暂时地消失，他也承受不了。

"阿尔菲，"妈妈喊道，"别走神。"

阿尔菲舔了舔他那融化的冰激凌的顶层，试着朝她微笑。她只回头看了一眼，然后咬了一大口柠檬雪葩。也不知道为何，妈妈手里的柠檬雪葩看起来颜色诱人，但味道好像很普通，不管怎样，吃着肯定让人感觉凉飕飕的，真搞不懂她怎么能吃得那么快，而且牙也不痛，胃也不痛，甚至连头痛的老毛病也没加重。真搞不懂这样吃还有什么乐趣？他想让妈妈等会儿再吃，然后跟她介绍伦诺克斯老师，跟她讲树枝和人的四肢之间的关系，但想到这么多东西要一股脑讲完，还要讲得井井有条，保证讲话方式让人舒服，索性还是别讲了。于是他只是笑了笑，而妈妈不停吃着她的柠檬雪葩，哈着冷气告诉他：“你牙齿上沾了些巧克力。”

*

“你真的很体贴人。”美国女人对算命先生卢西亚诺说道，他们俩坐在狭窄的占卜桌旁，昏暗的摊位上只有零星的灯光，“有人跟你说过吗？”

卢西亚诺/彼得回想了一生中认识的所有人，仔细想来，自己遇到了太多美丽的生命。短短几年，自己竟遇到了如此之多的好人，这正常吗？自己难道福气不大吗？其实也不能说他完全就是生来好运，总能遇到各色好人，毕竟，常言道：种什么因得什么果。也有俗话说：念念不忘，必有回响。总之，生活还不都是自己决定的！他不知道除了爱还能给别人什么。他给予别人毫无保留的爱，就像耶稣爱世人一样。当然，他可不是个基督徒，以后也绝不可能是。宗教组织简直就是个屁，耶稣也不过个人而已，只不过成了他人的精神支柱，就像甘地，或像著名歌手鲍勃·盖尔多夫在英国人民心中一样。你看看世人利用耶稣的教义都做了些什么。简直令人痛心疾首。想到这些，他也感到难受。其实回首往事，他一生遇到了那么多好人，此间种种，还真不是自己生来就有好运。也许他还能为此感到骄傲，仔细想来，他总能发现别人身上的美好品质，真不是自吹自擂，因为并非所有人都能做到这点。也许发现别人身上闪光点的能力，便是他和那些游手好闲在小房子里贩卖可疑物品的人的不同之处吧！印度人是怎么打招呼的？合十礼。心灵相通。所以，他的生命中出现了如此多的好人，他当然也得之无愧。才不管父亲会怎么说呢！

"卢西？"面前的美女竟然直接唤起了他的昵称，"卢西，你还好吗？亲爱的，我有说错什么吗？"

"我没事，"他回答，"不好意思，我刚才好像感应到了什么，我正想继续看看到底是什么，你懂这种感觉吗？"

"天哪，我当然知道。"她说道，"我也总是这样，不过，这很难跟别人解释，因为别人总是觉得这听起来很疯狂，对吧？"

我的天哪，她太完美了。她什么都懂，而且身高也正好。她现在把双手放在了桌子上，掌心朝上，然后向他伸了伸，她美丽的双手就像一件精美的作品。这时，卢西亚诺/彼得突然想到，他说过，等做完塔罗牌占卜和看完星图，就给她看个手相。等等，想想看，他们在这个狭小的算命摊里待了很久，也许过了一个小时或更长时间。不过，即使这样，她仍然没有感到厌倦，没有看不起他，也没说要待在阳光明媚的海边，而不是挤在这么个闷热的小摊位上。不过现在想一想，既然可以待在外边，为什么非要挤在这里，在午后的阳光下彼此笑脸相对难道不好吗？

卢西亚诺/彼得将手掌放在艾格尼丝伸出的手掌上方，她的名字原来叫艾格尼丝，实际上，她来自俄亥俄州，而不是加利福尼亚。感受了片刻两人之间的能量流动后，他把手放在她的手上。能够像这样，仅仅通过双手的接触，就和另外一人，一个和自己一样拥有丰富内心世界的人完全地联系在一起，这是一件多么神奇的事啊！

"我们去外面吧，"他说道，"我们可以去海边在阳光下给你看手相，那样我就能看清每条微小的掌纹，弄清每条掌纹的暗示。"

"我刚才就在盼望你能这么说！"艾格尼丝说道。她简直太完美了！自己不经意间制造的浪漫也得到了她的附和。

他们一起离开了算命摊，卢西亚诺/彼得非常高兴，甚至连百叶窗也没关，因为这时候既不会下雨，也不会有人来偷东西，任何一个路过的傻瓜也能看出他一无所有。（"老爸，摊子这里什么也没有。"卢西亚诺/彼得在心里对父亲说道，今天这样和美女出门的机会可不能搞砸了。）

"你说得对，卢西，"艾格尼丝出门后说道，她伸出手臂，双手在空中挥舞，修长的手指美丽动人，"外边风景那么美，我们怎么可以错过呢？"

"你也那么美，我怎么可以错过呢？"他差点就说出口了，不过却忍住了，他对她说："叫我彼得吧，那才是我的真名。"

他们一起走在长长的沙滩上，越过后方那堆起伏的沙丘，他意识到此刻阳光明媚，在午后的金色阳光下，他能更清楚地观察到她的每个细节。两人一路聊了多久？现在他们走出了阴暗的算命摊，他不禁注意到艾格尼丝（她来自俄亥俄州，而不是加利福尼亚）可能比他最初想象的年龄要大得多。她第一次站在他的面前时，彼得正在锁门，当时他完全被惊呆了，看到一个像她这样气质非凡的女人，竟然还乐意跟他说话。（"老实说，你留着那样的头发、穿着那样的衣服、干着那样的工作，像你那样生活在底层的二流子，哪有女人没事找你搭话呢？"）也许当时是由于阳光刺眼，而且他陷入了沉思，所以没注意到吧。现在也想不起当时是怎样的情形，所以他只是用心欣赏眼前女人的美，而不在乎那些细节了。但是现在，他更加习惯艾格尼丝站在自己身边，他注意到她眼角的细纹，锁骨周围的皮肤有些松弛，上臂还长了些黑斑。显然，她可能四十多岁了，甚至四十五岁或四十七岁。这重要吗？奇怪吗？为什么要因为年龄而搅乱此刻完美的气氛呢？（"儿子，她只是和你玩玩而已。我是说，她见过世面，她知道你是什么德行，别自欺欺人地认为她对你感兴趣。"）不管了，彼得下定了决心。不管艾格尼丝是五十岁还是五十九岁，甚至是七十岁都没关系。也许她并没有七十岁，如果她真有七十岁，那自己就得再想想了。关键是，正是因为她见多识广，经历丰富，这恰恰使她更加美丽动人。因为这些经历只会让一个人变得更美丽，不是吗？他的父亲说出这种话，简直就是个混蛋。他喜欢她眼角的细纹，况且自己总有一天也会长的。（"继续自欺欺人吧，孩子。"）

他大胆地牵起了她的手。她看着他，吃了一惊却并不抗拒，他牵着她走过布满鹅卵石的沙丘，接着走到沙滩，海浪的拍打让沙滩变得光滑平整。退潮时，新露出的海滩像面闪闪发光的镜子，倒映出天空的景色。整个沙滩很开阔，沙滩上有狗，有小孩，还有待在条纹防风布后的情侣和家庭。另一头是冰激凌小贩，那家伙还戴着耳环。此刻彼得莫名有点想让艾格尼丝给他买冰激凌吃，这不可笑吗？此刻，他们俩享受着沙滩和阳光，彼得和其他人一样，也是来享受的，此刻他并不是扎着脏辫、站在算命摊朝外看的古怪算命先生，而是和其他人一样。他脚上的人字拖扔了，他光着脚走在沙滩上，脸上洋溢着笑容，手上还牵着个女孩，不，应该称作女人。这一刻便是他一直梦寐以求的场景。现在想来，这不很简单吗？真想不通自己之前为什么就得不到这些。

但是突然，一个小孩朝他走来，而且看来就是为了他而来。自己认识这个孩子吗？不认识呀，但小孩越走越近了。小孩就这样一直朝彼得走来，似乎连他的母亲都不顾了，因为显然，她正在叫他，那个一脸抑郁的女人站在海浪边，面容皱巴巴的，头发灰白而且乱糟糟的，他让彼得想起了滴露清洁剂和烤箱手套，想起了电热毯，还有当他是个孩子时，在泳池里戴的笨拙的救生臂环之类的东西……看到这样的场景，他突然同情起这位母亲，尽管她的确吓到自己了。他绝对不想成为像她这样的人，永远也不。不过想来，他简直就是在瞎担心，因为艾格尼丝会拯救他的。

"阿尔菲！"小孩母亲叫道。她的声音无力，就像脸上松弛的皮肤一样。

而那个叫阿尔菲的小孩现在就站在自己面前。

"妈妈，快来看呀。"阿尔菲转身呼唤他的母亲，"我找到他了！我找到巫师了。"然后阿尔菲不喊了，转身看向彼得，眼睛直直地盯着他看，彼得像他这样大的时候可不敢用这种目光盯着大人看。"你是巫师吗？"小孩问道，"你看起来太像了，你的长袍像，你的一切都像。"

海鸥排成一圈，在他们头顶的天空盘旋，这时不知哪里一个婴儿突然哭了起来。彼得松开了艾格尼丝的手，凝视着自己绣有银色螺纹装饰的蓝色长袍、脖子上的护身符、手腕上的皮革手环，还有手指上五颜六色的指环。太多打扮了，他想，简直滑稽可笑。这样的场景总是发生。当然，并不是和此刻的情形一模一样。所有人都知道，不费吹灰之力就知道他们需要什么，知道做什么事是恰当的，知道见到什么人需要表示尊重。而彼得自己却对这些一无所知。在他看来，小孩就是在说："你看起来真滑稽。"滑稽？不，绝对不可能，自己怎么可能看起来滑稽。因为他握住艾格尼丝手的时候，她并没有受到惊吓，也没以头痛或者事先有约为借口来拒绝，而是握住了他的手。眼前的小孩绝对在胡说八道。他为什么要那样盯着自己看，就好像看到了自己看不到的东西一样。

"不，我可不是什么该死的巫师。"彼得说道，自己的声音还在耳边回响，"小鬼，你想干吗？"

也许这话太恶毒了，但他并不经常这样，至少不会故意表现出恶意，所以他并不知道这种感觉是怎样的。但是这次可能真有些恶毒，瞧瞧那个孩子，脸都被吓绿了。看看他，都被吓跑了，飞快地朝着海滩那边跑去，钻进了人群里。而他神情悲伤的妈妈还疲倦地站在那儿，伸着手不停叫唤："阿尔菲，阿尔菲。"声音无力，仿佛都要放弃了。

*

阿尔菲飞快地跑着，一路穿过了人头攒动的沙滩。看到这一幕，阿尔菲不禁想起电影《阿甘正传》里那个叫阿甘的人，还想起了电影台词"跑，阿甘，跑！"阿尔菲不再小心翼翼地在人群和鹅卵石中找路，而是直接跨过沙滩上的毯子、书籍、水桶和水杯。

沙滩上有着各色人群，有家庭，也有在沙滩上聚会的。他及时跃过了一个猫状的沙雕，一个少年站在旁边，满脸的青春痘，手里挥舞着调色刀和刷子。所有这些人做的事情与妈妈和华莱士都大不相同，妈妈和华莱士就知道坐在家里，看电视购物。看看其他人，他们带着孩子，推着童车，去公园，去博物馆。等到这些小孩长大了，长到能在机场玩耍制造喧闹那么大的时候，他们父母还会带他们到法国，在那里，他们可以租一座带泳池的大别墅，孩子们可以成天游泳。而他也可以和其他孩子一起游泳，只要妈妈和华莱士像其他人一样……但是，他不知道妈妈和华莱士会怎么做。

他跑过一个吃了一半的热狗，热狗被丢弃在两家人中间的地方，海鸥正在啄食。他跑过了之前看到的那个放风筝的女孩，那个穿着黄色连衣裙的女孩，她现在正和其他女孩坐在一起，聊着天，分享甜点。跑着跑着，阿尔菲又想到了法国别墅，老实说，那个别墅挺好的，只是阿尔菲没怎么游过泳，并不是他不会游，他当然知道怎么游泳，妈妈为了安全起见之前让自己上了几节游泳课。这样，在突发情况下，比如要是发生电影《泰坦尼克号》《飞天巨桃历险记》或者《大白鲨》里面的突发状况，会游泳就能派上大用场。但是问题是，某一天他们去看医生，发现他的耳膜有洞，之后游泳课就停了。其实，他现在根本感觉不到这个洞的存在，他哪儿也没感觉到不舒服。要是耳膜后真长了个洞，自己肯定会感觉到的吧？比如像现在这样跑步，就能感觉得到啊？阿尔菲会听到气流和风穿过他发出的呼啸声。呼啸声很大，也许和吹口哨的声音一样大吧？"别再吵了！"每次阿尔菲正要开始吹口哨，妈妈就大声呵斥道，因为她总是头痛。除妈妈外，华莱士也会插上一嘴："阿尔菲，认真听。听你妈妈的话，妈妈说什么，你就做什么。"

阿尔菲很爱妈妈，他并不想把妈妈一个人留在沙滩上。他知道自己要是就这么跑了，妈妈的头疼会变得更加严重。只不过，妈妈跟自己说，下学期要把他送到一所新的学校。新学校教室比原来学校的要大，但是就见不到伦诺克斯老师了。她还说，在华莱士找到工作之前，先用贷款和万事达卡支付开销，新学校离家不会太远，而且说不定他在那儿能更轻松地交到朋友……有太多事，太多事让他想要大叫（或者哭出来，即使是真正的男子汉，有时也会哭的，去年某天，由于楼上的水龙头坏了，阿尔菲在半夜去了厨房，华莱士当时就这么说的）。与其对着妈妈大喊大叫，现在自己一个人跑开，说不定更好。

他现在跑得更快了，在平静多沙的海浪边，没有人挡住他的路，沙滩上的所有人仿佛都消失了，他的视线里只有模糊的色彩，耳朵也只能听到依稀的声音。他要怎么做才能让妈妈相信，当他稍大一点的时候也许一切都会好起来呢？也许那时候会发生一些完全出乎意料的事情：也许一位巫师会走进他们的生活，给他们带来新的希望；也许阿尔菲突然发现了隐藏在体内的魔法。（为什么要隐藏起来呢？）要是在几年前，妈妈也许还会听自己讲这些，但是在现实生活的压力下，阿尔菲要是再说这些话，只会让人觉得愚蠢且幼稚。而且，自己对未知力量的坚信有时甚至会让华莱士火冒三丈，他可不相信任何魔法。别提华莱士了，阿尔菲就算只是想让妈妈相信生活会变好，这一点都有困难。刚刚那位巫师突然出现，他从沙丘上跳了下来，就像某个标志一样，就像他可以向妈妈解释一样，就像他的所有美好希望即将开始一样……但是，一切都出了问题，不是吗，他不能继续待在这里，他不能！他怕自己忍不住大声喊叫，忍不住哭出来，忍不住惹妈妈生气。她总是头疼，现在家里有了贷款，华莱士还丢了工作，他们可能再也不会像这样出来度假了。

阿尔菲仍然在奔跑，在海滩的这片区域人群变得稀疏起来，他不禁想为什么其他人不来这边，这儿也不远。也许他们喜欢挤在一起，这样的话，之前见到的那些快乐的孩子就可以一起嬉闹，一起玩水。他想：可能从沙滩那边走到冰激凌摊位要比这边近。假如之前把毯子放在这里，要是从这里出发去给妈妈和华莱士买冰激凌，那么冰激凌都可能滴到自己袖子上，回到这里时，自己满身都得沾着冰激凌。虽然自己跑得很快，也愿意去跑腿（尽管有时候自己"不那么听话"），但是边拿着冰激凌边跑是很困难的，即使那位耳朵尖尖的小贩帮自己把冰激凌装进了硬纸盒，这样还是很困难。

阿尔菲放慢了奔跑的速度，这时，整个世界似乎突然变得美好起来，他周围的一切都变得很空旷：前方是长长的沙滩，海浪平缓，远处的地平线一望无际，其他家庭的叫喊声和笑声在他身后逐渐淡去。就像在胃疼渐渐消失后，你能一口气读完一本书的好几章一样。路上还有个女人在遛狗。"你好！"阿尔菲向她招手。"你好！"女人也向他挥了挥手。他继续沿着海滩慢跑，尽可能迈出更大的步子，他喜欢这种力量感，这就像是在水彩画上奔跑，脚下是平坦湿润的沙子，上面还映出了夕阳的色彩。

现在这里已经没什么人了，远处只有一顶帐篷，外面坐着一个男人，看上去似乎无家可归。

"你好！"阿尔菲慢跑经过时向他打了声招呼。

"你好！"那人举起一只手表示问候。

阿尔菲认为，人们大多是善良的。如果他们表现出恶意，像那个巫师一样生气，那也许是因为他们头疼或有贷款要还。无论怎么说，还要等整整十个月才到阿尔菲十一岁的生日。那个巫师之所以那样，或许只是因为他没准备好，甚至他是故意对阿尔菲发火的，因为还没到他们该见面的时候。现在还为时过早，现在还不是激发体内魔法改变命运的时刻。

现在四周都没人了，只有一堵白色的悬崖。悬崖就在不远处，颜色灰白，布满粉末，像一根巨大的断粉笔。除悬崖外，只能看见大海、天空和海鸥，前面还有什么东西，他正朝着那儿奔跑……可是那究竟是什么呢？像是蜿蜒伸向海里的灰色码头，又像一条没有终点的路，还像一堵墙壁，像是要保护什么东西……其实那只是海堤罢了，当然只是这样！

就像地理课上讲的那样，就跟在《风暴里的渡鸦》[①]中，卢卡斯在斯卡罗角看到的一样。书中读到的东西竟然真实地出现在眼前，这种只存在于脑海中的东西就这样出现在眼前，这种感觉多么神奇啊！

*

彼得坐在靠近海水的鹅卵石上，上面是湿的，很凉爽。当潮水涌来，他看到身旁的艾格尼丝正在发抖。现在已是下午，甚至临近黄昏，而她只穿了件吊带上衣和薄裙。彼得担心她会着凉，任何有风度的男人在这种情况下都会存在这种担忧，他倒是很乐意脱掉自己的长袍递给她。然而除了长袍，自己什么也没穿，脱掉的话，便会露出上身苍白的皮肤和乳钉。（之前，他一直觉得身上的乳钉很有特色，但是今天一切都变了，他突然发觉打乳钉早过时了，甚至有点矫揉造作。）他担心自己这样做会不大合适，因为脱掉自己身上穿的唯一一件上衣，裸露着上半身子，把衣服递给一个才刚

---

① 书名，*The Ravens of the Storm*。

认识几个小时的女性，就算她坚持认为两人关系好到似乎已经认识了很多年，这样也不合适吧？

但是他们之间说不定确实存在某种联系，也许她是对的，而且，想想吧，她比自己年纪大，肯定见过不少男性的上身，其中一些人肯定还不如自己。可是如果她笑话自己怎么办？要是她瞟一眼自己然后笑了怎么办？如果冷风把他本就苍白脆弱的皮肤吹起了一身鸡皮疙瘩，就像长有斑斑点点的鹅肉，要是自己的乳头立了起来，那她会笑得更厉害，尽管她有些阅历，但还是没能一眼就看出他是什么人——一个失败者，一个不务正业、可悲的人，他其实根本不懂占星术，因为他从小在黑斯廷斯长大，除了都沿海，那儿跟日本和加利福尼亚没有其他任何相似之处，黑斯廷斯根本不懂宇宙的精神内核，如果它努力修了一个博士学位，专门学习如何愚笨无知，那它的确配得上它的学历。

彼得看着最后一缕阳光笼罩在广阔的地平线上，他想起了立体停车场，想起了夜间埋在住宅区公共花园里的宠物尸体。他想起了因为爆米花价格太贵，妈妈不愿意买，他就在多厅影院的大厅里尖叫，最后牙齿还受伤了，像他这样十岁不到的孩子怎么会在乎价格呢？他还想起了伯纳德·马修斯①鸡块，自己得过的腮腺炎，还有浆果味的感冒药。不知怎的，之前看到的那位母亲又出现在自己的脑海中，就是那个站在海边一脸悲苦的母亲。

艾格尼丝站了起来，抬头看向地平线。"我一直觉得它们看起来就像灵魂，往返于另一个世界的灵魂。"她说道。

"什么？"彼得差点就问出口，但突然想起他们之间心有灵犀，便闭上了嘴，以免破坏这种感觉。他们沉默了一会儿，海浪慢慢爬到了他们的脚边，彼得突然后悔起来，自己不该光着脚，不该把拖鞋扔在算命摊。

"这些海鸥，"艾格尼丝说道，"它们就像幽灵，你不这么觉得吗？"

说到海鸥，彼得想到了它们在垃圾桶翻寻食物的肥胖身躯，想到它们俯冲下来，无耻地叼走游客手中的薯片，想到它们在早晨像一群泼妇一样尖叫，当你走在上班的路上，它们还突然在你的头顶拉屎。

"嗯，"他回答说，"就像幽灵一样。"

---

① 英国最大的火鸡饲养公司创始人，公司以其名字命名。

艾格尼丝仍然在发抖，双手搓着胳膊。彼得想，自己得做点什么，于是站了起来。

他说："趁你还没冻僵，让我送你回家吧。"

"回家？"她说，"这就要回去了？"

"或者去别的地方？"他问道，心里祈祷她千万不要说去他的算命摊，因为地毯上摆着各种装披萨的盒子和发霉的马克杯，唯一一把扶手椅还被拖到了电视旁，因为遥控器的线太短，哪儿也够不到。

"不，"她笑着说，"回家挺好的，回旅店也可以。"

"你住在哪里？"

"就在沙滩那边。"

"环境还好吗？"

"还可以。"她耸了耸肩，像是暗示入住的旅店的物质条件远远达不到让自己满意的标准。

"来吧，"彼得说，"我送你回去。"

"不用麻烦了。"

"不麻烦，是我自己想去的。"

"好吧。"她说道，然后踮起脚尖亲吻了他的脸颊，这令他大吃一惊。

*

阿尔菲沿着海堤往外走，周围的环境很是瘆人。不管是往前走，还是往后看，周围都很阴森，四周没有人，没有店铺，没有路，没有房屋，什么也没有。放眼望去，只能看见一些建了一半看起来像别墅的新房，房子的阳台一模一样，旁边还有一些大幅广告牌，上面印着别墅建成时的样貌。

阿尔菲想象自己住在其中一所房子里，就这样一直待在布莱顿。妈妈、华莱士，还有自己三人一起住在这里。也许华莱士会在这里找到新工作，他们可以在周末坐在沙滩上，假装在度假。妈妈可以更好地适应假期生活，最后说不定也不头痛了。华莱士会再找到一份工作，他就不会这么难过了。但是，阿尔菲其实并不知道究竟是什么让华莱士这么难过。他好长一段时间一直都非常难过，但是妈妈第一次把他带到家时，他的头发比现在要长，他还穿着一件帅气的蓝夹克。当妈妈握住他的手，他还笑得很开心。阿尔菲等下回去了要向他们说起之前的快乐时光。但是，他们会不会因为自己就这么跑了而难过呢？他们会不会生气呢？应该会的。

他坐在混凝土地面上，凝视着大海，看着点点浪花。两只海鸥在半空中搏斗，到处乱飞，它们大声尖叫，翅膀相互扑打，爪子相互抓挠。夕阳的最后一缕光线也快消失了，他现在感到有些冷，但是浑身却觉得神清气爽，晒了那么久的太阳，还跑了那么久，现在的冷空气倒是吹着很舒服。

他脱下鞋袜，把裤腿卷到了膝盖上。小腿非常凉快，光着的脚丫也是！阿尔菲从来没有光脚过。妈妈总是担心蜱和红蚂蚁会咬到自己，担心草丛或公交车座位周围的一些尖利物体会伤到自己……天哪，海洋看起来多么美丽呀，海水在他的脚下不断涌动。大海让人想到美人鱼、海盗、沉船、珍珠，以及寻找珍珠的人，还有章鱼和珊瑚礁，这里说不定还有消失的亚特兰蒂斯城。这里是个全新的世界，在这里，不用还贷款，也不会头疼。他想现在回到妈妈和华莱士身边，向他们展示自己的发现。也许那时他们也会发现这里的美好，到时候一切都会好起来的。

"你去哪了？"自己回去时，妈妈肯定会问，而且还会非常生气。

阿尔菲会说："我在海堤上走了走，我还看见了一条美人鱼。"

"你根本没看到美人鱼，"华莱士会突然说上一句，"不可能，世上根本没有美人鱼。"

"我知道，"阿尔菲会说，"我知道大家都这么说，但您不应该相信别人说的所有话。因为我刚刚真的看到了一条美人鱼，就在海堤那里。"

"哪个海堤？"妈妈会问，"离这里有多远？阿尔菲宝贝，你要知道，我已经不像其他孩子的妈妈那样年轻了，你不能再这样了，我真的受够了。"

"妈妈，对不起。"阿尔菲会说，"但是，我真的看到了一条美人鱼，这难道不值得庆祝下吗？不说这些了，您还年轻，而且又美丽，就像长着一头乌黑秀发的公主。"

"阿尔菲宝贝，我的头发是灰色的。"她会非常难过地说道。阿尔菲知道自己没辙了，毕竟他还不到十一岁，他会向华莱士求助，看看他有什么办法能让妈妈振作起来，而他却只是低着头，保持沉默。

阿尔菲其实知道，事情不会像自己想的那样，他们可能比自己想的还要生气。正常情况下，他只要离开妈妈的视线，她都会生气，更别说像这次，天都快黑了，自己却跑了。

他边坐着边把身体舒展开来，一边弓背打哈欠，一边用手指感受混凝土的粗糙感和手臂的力量，他就这么坐着，就像一条拉紧的橡皮筋一样。他现在可以做任何事情。如果一艘海盗船驶入港口，他可能会像舞台剧表演的那样，以一敌多，杀光所有海盗船员。他会把海盗船上的珠宝和黄金全部捐给慈善机构，但也会给自己、妈妈还有华莱士留一些，以便他们可以经常来度假。因为此刻吹着舒服的海风，看着朵朵浪花，他发现自己很喜欢度假。也许最喜欢现在这样，独自一人坐在这里。大海就像魔法之门一样，穿过这扇门就能来到另外一个世界，在那个世界，之前自己害怕的东西，比如魔兽或邪恶军队都变得清晰起来。只要手持武器，并带着英勇的决心大声喊出来，自己就能勇敢面对他们。他想：这样的生活才更适合自己，而不是那种他与生俱来、命中注定的生活。

最后，怀着对伦诺克斯老师的一丝遗憾，阿尔菲富有弹力的双臂往海堤一推，身体便跃向了海浪，像一只海鸥，像一只风筝，又像被扔出的石头。

*

彼得奔向大海，他希望以这样的方式把生活的喜悦倾泻出来。他们沿着海滩走向白色悬崖旁艾格尼丝的住处，谈话过程中的某些时刻，彼得甚至觉得仅仅是看向艾格尼丝都开始变得有些困难。也许在她亲吻他的脸颊之后，整个下午两人之间的轻松氛围便变得不那么自然，甚至有些难熬。不过，可能只是因为大海的缘故。彼得一直对别人情绪的变化和大海的变化非常敏感。即使在黑斯廷斯，人们对他的这一能力也称道不已。

他继续往前走，海水漫过了他的膝盖，他用力地拍打着浪花，他本来还想象着自己在游泳，在水中用力蹬腿，激起层层浪花，然后潜入海里去寻找一些埋藏在海底的宝藏，可是海水的阻力却让他的动作变得柔和起来。

"你比外表更加坚强。"艾格尼丝在他身后说道。

谁知她也跟着走到了海水里。

"你刚才说什么？"彼得问道。

"海水太冷了。"她说。

他低头看着脚下的海水，浑浊的海水加上晚间昏暗的光线使得水中自己的双脚和小腿变得非常模糊。他沿着海滩一直往前走，现在没有人在游泳，只有几只狗。大多数人都收拾行李走了，所有忙乱的场景、笑声、冰激凌小贩都不见了，只剩零星几人，大部分是本地人，还有一些食品摊贩在收拾摊位，为夜间做准备。彼得真的更喜欢现在的场景，所有的游客玩尽兴了，现在都走了，海滩又回归了原来的面貌。他转身看着艾格尼丝，她正假装凝视着夕阳，但其实她在发抖，脸色有些苍白。

"对不起，"他说，"我刚刚有点走神，让我送你回家吧。"

她笑了笑。"没关系，"她说，"我就喜欢不那么死板的男人。"

他牵住她的手，带她回到了干燥的沙滩上，他冻得发疼的双脚现在甚至能感觉到沙子的温暖。

*

他在水里，他竟然在海水里！但是他为什么要这么做呢？为什么要从海堤上跳下来？妈妈一定会暴跳如雷的，而华莱士一定会用力地捏住他的鼻梁，一直捏到它变红。每次阿尔菲做了错事，他总是这样做，仿佛阿尔菲的脑袋是个即将爆炸的水壶或是其他东西，只有捏住鼻子才能阻止它爆炸。而且无论妈妈做什么，他都会全力支持，况且这次阿尔菲自己也明白，他所做的一切有多糟糕。穿着整齐的衣服，穿着专门为度假买的新衣服，就这么跳进水里，而且他还知道衣服的价格贵得离谱，远非家里所能承担，因为有一次他听到妈妈在电话里跟桑德拉说了衣服的事，当时她以为自己不在。可尽管这样，他还就这么跳进了水里。现在看吧，不仅上衣，就连裤子都毁了，自己实在是太任性、太不听话了！太可悲了，他可以感觉到，被水浸湿后的衣服非常的重，在冰冷的波浪中四处拖曳，他必须用力地蹬腿，用力游，这样才能从海堤那里游开。从现在的角度看，海堤比自己先前坐在上面时更加宽阔、更加坚固。"不"——阿尔菲用力地挣扎着，他想起了自己曾经上过的两节半游泳课，那之后妈妈就不再让他下水了——"不"，他不能才跳进海里几秒钟就撞上海堤。

他用力地蹬腿，胡乱摆动四肢，手掌不断往后划水，他把手指紧紧地夹在一起，就像游泳教练詹姆斯教的那样。詹姆斯是个大学生，他总是穿着绿色的游泳服。阿尔菲现在像詹姆斯教的那样做，这样双手能像船桨一样划动，就像在电影中看到的那些船桨一样来回划动。可是究竟是哪部电影呢？他还记得电影里的人们穿着木屐，还有一个女孩在山上哭泣……但是他的大脑现在转不动了，记不清具体是什么了。海浪太汹涌了，浪潮总是难以预料，常常比他预期的要高得多。每当他试图浮在海面上伸长脖子呼吸，他都会吸入一口海水而不是空气，或者一半空气一半海水，于是他还是将其吸入体内，而不像吐海水那样全部吐出来。当时他怎么就这么跳下来了呢？很明显，这种行为愚蠢至极，但他还是做了。他以前也做过这样的蠢事，比如沿着海滩跑开，在快乐的日子里尖叫和大哭，或本想着为妈妈做床上早餐，结果却摔碎了牛奶瓶。

趁着自己吐出海水的一瞬间，阿尔菲吸了一大口空气，里面夹杂着浪花，味道咸咸的。在即将到来的海浪涌来之前，他迅速潜入了海底，用力地拉拽身上的纽扣和拉链，脱下紧紧贴在身上的沉重的衬衫和裤子。

最后，他终于脱下了身上的衣服，任凭潮水把衣服冲走。他再次蹬腿，朝着太阳光的方向游动，这时他感觉比之前轻松百倍。还好"哈利路亚"！然后，他用自己轻飘飘的四肢在水里自由地游动。他游着游着，远离了海堤，他用自己十岁身体的全部力量在海浪中拍打，在浪潮中奋力往前游，在夹杂着空气的海水中吹出一串串的气泡。最后，他睁开被盐水浸泡得生疼的眼睛，看着这一切，感受着自身的强大，这种感觉真是太好了。这种强壮有力的感觉真是太好了，还有这种连贯的感觉，这种像鱼群一样，整个身体呈流线型，每一寸肌肤都与海水亲密接触，轻松地游向落日的感觉真的太好了。而且耳朵长孔的地方也没问题，整个人也感到很舒畅，要不是海水那么冷的话，他还想多游会儿。

他不再继续向前游（尽管现在变得非常轻松，离海堤越远，他游得越轻松），他开始踩水，转身看自己游了多远。远处可以看见悬崖，还有一排排建了一半的阴森的房屋，看上去一模一样，还可以看见海堤，这比阿尔菲想象的要远得多。但是，他或许不应该停下来，因为他的手指和脚趾突然感到特别冰凉，身子一动就感到疼痛。这可不妙，他现在离妈妈，离海岸以及任何可以让他接受帮助、治疗和取暖的地方都太远了，天哪，怎么回事？自己的左脚在抽筋！就像海里巨人的手从海底伸出来，紧紧握住自己的脚，用力地挤压，把所有骨头都要挤碎，最后他尖叫起来，而且被自己的叫声吓了一跳。

*

彼得沿着白色悬崖边的滨海区走回了小镇，一路上想如果他不是个那么一无是处的失败者，如果他知道该怎么应对一个主动向自己投怀送抱的女人就好了——实际上，这就发生在刚才自己把艾格尼丝送到旅店的时候，这么好的机会，他却一把推开艾格尼丝，还对她说这样实在错得离谱。如果自己刚才没这么做，一切都应该顺顺利利的。他为何偏偏要那样做啊？（"儿子，因为你成天游手好闲，就算机会到来，你也把握不住。你永远也抓不住好东西，只会白白让它溜走。"）他最后一次和女人上床、接吻或牵手是什么时候？他怎么能对艾格尼丝如此挑剔？

他一直走到悬崖边一个新建造的码头村庄，仅仅看到前方屋子闪闪发光的外表，自己就望而却步，不想再往前走。他继续沿着海堤前进，拖着脚步走了一段时间，最后发现自己走路速度实在太慢，走不走都没什么区别，于是干脆停了下来，注视着海洋。

他喜欢海水里的泡沫，它们有点像冒泡的牛奶。这些泡沫同样能给自己带来兴奋感，就像喝牛奶一样快乐。他打了个哈欠，然后蹲下身子，揉了揉自己冻得酸痛的双脚取暖。尽管已经到了黄昏，一切都变得昏暗起来，但他仍能看到白色的悬崖，像粉笔一样白，就像一个石膏人的脚一样。他母亲过去常常唱的那首歌是什么？很久以前，每到晚上，她边吹干头发边唱那首歌："她穿过萨丽花园，双脚雪白。"他总是想象，那首歌中的女孩应该也是用石膏做的，应该是个放在花园里的石膏雕塑。

母亲会明白吗？他一到艾格尼丝住的旅店，就发现那儿根本不是自己想象中的加利福尼亚别墅，而是基本上只有两到三个房间的肮脏而又偏僻的组装屋。那儿离市区那么远，倒是离社区救助中心和车队露营区比较近。母亲能明白这是为什么吗？当艾格尼丝将长有皱纹的手臂搭在他的脖子上并邀请他进屋——进那栋破旧、潮湿、下陷的建筑时，面对着她那深沉得怪异的眼神，他意识到自己根本不想进去，一点也不想进去。于是他把艾格尼丝的手臂从脖子上拿开，就算在那样的场合下，他还是以尽可能礼貌的语气说出："你难道不觉得我相对于你来说还太年轻吗，艾格尼丝？"他为什么要这么做？

想到这些，彼得的母亲当然永远不会理解自己和艾格尼丝为何会变成那样。他的母亲一直很友善，和他今天的样子相去甚远。尽管如此，她已经过世很久了，现在做这些猜测毫无意义。他现在对伤心的艾格尼丝根本无能为力，只好扬长而去，待得远远的，这样她再也不必见到他那凄惨的面孔了。

现在天快黑了，他感觉很冷，真希望自己穿了拖鞋，算了，别想拖鞋了，他现在倒是希望自己能有件合身的暖和衣服。他没有再注视海洋，而是重新走上通往码头的小路。他走过码头房屋之间的过道，看着旁边的广告牌，上面画着几户人家，有的在松木厨房里吃着苹果，有的穿着合身的针织衫在海上航行，巨大的图片看上去有些可怕。在现实生活中，谁会拥有这样满面笑容的幸福家庭呢？例如，广告牌上那个美丽的妻子对着早餐桌旁长得像芭比娃娃的男朋友一样的丈夫微笑，仿佛他刚刚说了句既有见识又有趣的话，而在现实生活中，谁能拥有这样的妻子呢？不管是谁建的这些广告牌，他们难道真的没有发现它看起来多么蠢吗？他们难道没有想过建这样的广告牌是否道德？这些广告商利用人们对美的渴望来为自己赚钱，这道德吗？至少，彼得认为，他可不像那些建广告牌的白痴那样狡猾且无耻。（"尽管如此，但我打赌，那些笨蛋一定从中挣了不少钱，儿子，他们挣的钱比你这辈子挣的还要多。"父亲的声音再次在彼得脑海中响起。）

"与其这样，爸爸，"彼得对着海浪说道，"我宁愿一无所有。"

那边海里到底是什么东西？昏暗的光线使他难以看清，但的确有什么奇怪的东西在那儿，异乎寻常地扰乱了夜晚的宁静，还让彼得有些心慌。那是海狮吗？还是一只鸟？或者……是某人在游泳。确实是个人在游泳，但也许出了什么异常。现在黄昏时刻，很难从这片遥远的地方看清海中的景象，慢慢波荡的海面一片漆黑。但现在，彼得沿着海堤小跑了一会儿，他真希望这片区域不要这么荒凉，还希望自己根本没有朝海中看，什么也没看到，这样才更好。他希望自己更像个男人，和艾格尼丝一起待在那个破旧的组装屋里，这样就不会发生现在的事情了。

*

阿尔菲意识到：他不知道接下来会发生什么。之前自己总能想到下一刻会发生什么，这一切看起来似乎很自然——坐在去学校的公交车上，他便知道当天有什么课程；

在回家的路上，他便知道晚饭会吃什么；他甚至能够准确地预测自己要是告诉妈妈某件事情，她会怎么反应，现在他则完全不知道。实际上，在此之前，他一生中只有过那么一次，真的不知道接下来会发生什么，那是在父亲离世后的那几天……可是，他再也不愿去想那件事了，尤其是现在，他甚至发现连呼吸都如此的困难。

他脚上的痉挛终于消退了，但是在海里伸直并不断移动那只冻僵的脚却花费了他太多的精力，其实整个过程他根本游不动，仅用一只脚和双手游泳实在太难，所以，他被海浪推着，最后离海堤、悬崖和海岸越来越远。不知怎的，这边的海流方向与之前的有所不同。之前，他还以为潮汐和海浪会把他冲到海堤那儿，那非常危险。他甚至没有想到像他这样的小个子能够游那么远，通常情况下，能游那么远靠的是努力而不是运气。

现在，他的痉挛已经完全消失了，周围的景色看起来有些异样的美。漆黑的海水像凉茶一般，夜空中布满了星星，就像那次与麦克斯和桑德拉一起看过的音乐剧里面的景象一样，就是那个宝莱坞的音乐剧，剧终时所有人都开始跳起了舞。他还看到夜空中的月亮，此刻的月亮是盈凸的，之前他在地理课上学过关于月亮的知识，而现在，当他从这个角度盯着它看时，月亮似乎是球形的。当然，阿尔菲早就知道月亮本来就是球形的，只是他从未像现在这样感觉过，之前他从来没有感觉过月亮是球形的。

他在汹涌澎湃的海浪中张开了四肢，放松身体，让自己像玩偶，像根树枝或漂浮在水上的木头一样被海水冲来冲去。漫过他身体的泛光的海水很美，天空很美，月亮也很美，而他也和周围的一切融为了一体。他现在的感受像是一种魔法：这种让人如痴如醉的美，这种与周围事物融为一体的美好感觉。也许这次是专属他的冒险吧，也许是……那是什么？远方的那个身影是什么？那个在海堤尽头挥舞的身影。

好奇心令阿尔菲重新恢复了些力气。他吐了几口刚刚吞下的海水，然后在海浪中再次立直了身体，这样他就可以更清楚地看到海岸。但是那个在海堤旁不断挥手的人究竟是谁呢？阿尔菲尽力将手举到海浪上方，然后向那人挥了挥手。毕竟，要是不这么做可能很不礼貌，就像在聚会上拒绝和大人握手，或者去罗宾家玩，却什么感谢的话也不说，那样不礼貌。那人到底是谁呢？远远看去，那里只是一个模糊的身影，从这个距离往海堤那儿看，那人就跟阿尔菲那只挥动着的手的拇指一样高，但阿尔菲可以肯定的是，自己曾在某处见过他。要是自己眼睛里没有进海水，视线没有那么模糊就好了。那人穿着蓝色的衣服，留着长长的头发，皮肤苍白……阿尔菲想起来了。他意识到，尽管自己一直希望发生这样的事情，但他从未完全期望过，因为这实在太美妙了，甚至都不太可能发生，就像童话书里面才会出现的情节，日常生活怎么可能会发生？是的，就是那位巫师，之前在沙滩上碰到的那位巫师。没错，这才是他们命中注定的相遇方式。毕竟，在闪烁的星空下，在大海的波涛汹涌中，周围空无一人，只有他们两人，中间隔着这么远的距离，相互挥手，相互叫喊，这才是更好的相遇方式。也许这就是接下来要发生的事情——巫师施展魔法拯救自己。

"救命！"阿尔菲被海水给呛住了，但还是大声呼喊，"救救我！"

*

在海堤的尽头，彼得正在为跳入海水做思想准备。他会游泳，但是老实说，自己真的敢下水吗？他已经好多年没有游泳了。自己就住在海边，却没怎么游过泳，这似乎很荒谬，但是人们也常说，人们从来就不能充分利用家门口的资源。尽管他一直因为自己对海浪具有某种亲切感而感到自豪，那也只是一种抽象的感觉，带有比喻意义，就像他给别人算命时，让那些不相信的人最终接受星图的解释一样。而现在面对这种情况，他禁不住害怕，要是他真跳下水去救海里的那个人，看上去也许是个小孩！这只会给他们俩都带来更大的麻烦。

但是那个孩子……他实在太远了，几乎看不清他周围的景象，说不定只是自己的妄想，海中根本没有什么孩子，但是那个孩子看起来有点眼熟，尤其是现在，他在月光下大喊大叫，挥舞着苍白的手臂。那不就是今天在海滩上见到的那个孩子吗？那个对自己的长袍指手画脚的小孩。不过，现在想来，那孩子也并不是没有礼貌，对吧？他只是问了下自己是不是个巫师，不管怎么说，这也说不上无礼吧。实际上，从孩子的角度来讲，能当一名巫师是件很酷的事。所以，这个孩子满怀喜悦，天真地跑到彼得身边，却碰了一鼻子灰！彼得直接给他来了个下马威，甚至把他臭骂了一顿。现在，那个孩子还在海中，还在不断挣扎。那个被自己冷眼对待的孩子快要……

他突然想通了，彻底地想通了。他知道自己为什么在海滩上会对那个孩子发火，知道在艾格尼丝想要亲吻他时，自己为什么会粗暴地一把推开她，知道为什么自己一事无成，只是在布莱顿海滩上经营个算命摊。这一切其实都是为此刻做准备，上天早就安排好了这一切。他早就注定要在这一时刻走在海滨的这片区域，就是为了给这个孩子，这个自己对他心中有愧的孩子最需要的帮助，这样自己也算偿还了之前对他欠的"债"。这样想完全合理。他能感觉到这就是他的机会，他改过自新的机会。他脱下了长袍，忍不住地发抖。他只需要一分钟来缓一缓，来适应冰冷的海水。

＊

"最后，所有人都跳起舞来。"这句话一直在阿尔菲的脑海中转来转去，就像黑暗中运行的行星一样，又像妈妈电脑上的转来转去的屏保图标，还像在他很小的时候，婴儿床上方旋转的兔子玩具。

"最后，所有人都跳起舞来。"

他甚至忘记了那个音乐剧的名字，当时他与麦克斯和桑德拉一起看的那个音乐剧，剧终时，所有人都跳起了舞。连舞是怎么跳的他也差不多全忘了，只记得最后有那么个舞。他想最后跳舞是一个很好的主意。大家为什么不多跳会儿呢？所有人一起跳舞难道不好吗？一切音乐剧都以快乐和谐的结尾收场，剧终时所有角色一起鼓掌，一起放声大笑，甚至包括恶棍还有剧中之前被杀死的那些人。阿尔菲又没力气了，他之前还在不断扑腾四肢，好让身体浮在水面，但现在他放缓了速度。

他知道，这样下去可不行。他还很小，现在还不能死。

如果他是个患癌症的儿童，长期以来不得不和病魔做斗争，直到年纪足够大，能用魔法拯救自己。现在也一样，他得努力活下去，直到自己拥有魔法。天空变得非常昏暗，黑压压的天空从四面八方向他袭来，他的身体被海浪不断地拍打着，现在的他四肢冰凉，整个人只想吐，但他必须坚持下去。他必须多坚持一会儿，等到巫师来救他，给他带来不一样的命运，把他引向人生的下一个阶段……但是，他的胸部现在很痛，他也说不上来到底有多痛。

"最后，所有人都跳起舞来。"

现在放松一下应该是可以的吧？停下来，不再挣扎。但是，还要坚持多久，巫师才能来救他呢？他感到自己麻木的肢体在波浪的拍打下再次变得松软起来，对自己这么一个还未满十一岁的孩子来说，海浪实在太大了。他怎么可能以为自己能够战胜这些浪花？在海浪的冲击下，他上下左右、来来回回地不断漂浮。阿尔菲知道，在探险的过程中，往往会遇到各种困难，但这次自己所经历的苦未免太多了。巫师在哪儿？他快到了吧？要不然就真的为时已晚了。

阿尔菲迫切想弄清楚那人离自己还有多远，自己到底还要等多久。他用尽了全身最后的力气,挥动他快要冻僵的关节,努力把头抬出水面。起初,除了漆黑的夜色,他只能看见四周无尽的天空和海水,他突然有些惊慌。随后他想起了自己的处境,于是拼命在海浪中挣扎,在水中不断拍打身体,直到看到白色的悬崖和海堤……还看到了那个人,那个阿尔菲心心念念的巫师。他还在那儿,既没有念咒语,也没有大声喊叫,甚至连手也没挥,而只是蹲在海堤的边缘。阿尔菲看到,他现在没有穿长袍,他弯下腰,背部裸露的皮肤在月光下是如此苍白。阿尔菲一下子意识到,自己从来没有见过任何人像他这样,一点巫师的样子也没有,一个人蜷缩在黑暗中,双手捧着头,肩膀在发抖,或许他是在哭泣。

自己该怎么办?现在发生这种意料之外的事,自己还能怎么办?现在,连自己的救星看起来都如此无助,自己到底该怎么办?和其他人相比,他没有任何特别的地方,他比长着一双肉手的华莱士还要普通,他甚至还没有一个孩子强壮。

"最后,所有人都跳起舞来。"

从这个角度看,星星也跳起了舞,星星的倒影在波浪中晃来晃去。"不，我可不是什么该死的巫师。"那人说道。他根本没有开玩笑，他说的都是大实话，也许这才是阿尔菲从海滩跑开的真正原因，自己其实不是因为妈妈才跑开的。可怜的妈妈，她会说什么呢？她一定很失望，很难过，一定非常非常难过……

"所有人都跳起舞来。"

阿尔菲的脑海中又想起了妈妈，她坐在毯子上，手里拿着柠檬雪葩，尽力在阿尔菲面前假装自己很开心，其实他知道，真的知道，妈妈更喜欢待在家里，放松休息，捧着一杯茶，看看电视，而不是在这个到处都是沙子的地方晒太阳，还得假装自己就喜欢度假。自己就这么从妈妈身边跑开了，什么也没解释，妈妈肯定以为他还会回去的。可是，妈妈呀，妈妈……

阿尔菲的四肢感受到了一丝力气，他又开始蹬腿，双臂用力地拍打着水花，努力往前游动。远处海堤的黑暗处，一个苍白的身影依然在那里，在月光下蜷着身子，独自哭泣。

熊

我发现自己越来越频繁地将聊天话题扯到家具上，讨论新房装修对我们俩来说似乎很容易，而现在我们在一起的时间更多了，所以培养共同兴趣来保持自如交流很重要。可能正是由于我俩长时间讨论家具，所以五月某个星期二的上午，我驱车载她一起去了一个海滨小镇，参加了一场二手家居用品拍卖会。

　　我曾设想过，作为新婚夫妇，我们可能还会参加很多这样的拍卖会，而这一次可能算不了什么，因为它只是众多拍卖中的第一场。我其实也不知道自己当时是否对早上的拍卖会有所期待，只是想说不定我们会买一个新沙发，这样我们就能在晚上一起舒适地坐在客厅，而不必一直坐在餐椅上，在睡觉前就这么隔着餐桌面面相觑。即使我们在这次拍卖会上没买到沙发，那也没关系，我们还有大量的时间去寻找心仪的。

拍卖会上先展示了一些不起眼的装饰品和相框，我和妻子都没有竞拍。然后拍卖师的助手推出了一辆银色手推车，上面放着一只熊。显然，我所说的"熊"，并不是真正的熊，它可不是来吓唬这个英国小镇上那一点人口的。它甚至连个熊标本都算不上。我只是在犹豫用"泰迪"这个词是否合适，虽然它那纽扣做的眼睛、毛茸茸的外套以及那线缝的小嘴巴具有泰迪熊的特征，但它那庞大的体型一点都不像泰迪熊。它的体型跟我一样，虽然它没有我高，可腰围比我粗。如果将我拦腰切成两半，然后并排放在一起，这样就能抵得上它的体型了。

当这个奇怪的家伙被摆在众人面前时，我差点在安静的拍卖室里大声笑了出来。这只熊就这么出现在这种场合，真的十分引人发笑，我都好奇拍卖商是不是在故意开玩笑。但是，整个拍卖室里，其他人似乎没觉得好笑。甚至连我的妻子也没笑，在这之前我一直觉得她和我的笑点一样。在我们婚礼前那些忙碌却令人激动的日子里，我们经常一起大笑。

因此，这只庞然大物出场的时候我不得不憋住笑声。周围的每个人（包括拍卖师和我的妻子在内）都只是安静地看着，有些人很不耐烦，有些人则直接露出一脸无聊的表情。

"一只熊，"拍卖师喊道，"填充玩具，面料柔软，品相良好，右肩上部略有磨损，右腿针脚有些磨损。十五英镑起拍。"

我向后看了看，朝大厅四处张望，看看小镇上哪个人会想不开竞拍这么个庞然大物。然而，他们仍旧一副无精打采的样子。

"没有人出价？一个人也没有？你们当中没有人愿意出价十五英镑买这么大一只熊吗？"拍卖师的声音在大厅回响，"那么十二英镑，巨大的毛绒熊，十二英镑起拍。"

我再次转身观望身后的大厅，确信某个可怜虫应该会对新的起拍价做出反应。看到那只熊就这么被推出来，笨重的脑袋耷拉着，四肢交叉，真的太尴尬了。肯定会有人受不了吧？

这时，我感觉身旁的椅子动了动，我的妻子举起了手。

"十二英镑，对，那位穿蓝色衣服的女士。"

我看向妻子，期待她对我会心一笑，表明她也认为这只熊的闹剧很是荒谬，她出价只是想恶作剧而已。不过，她看上去却像往常一样严肃，她灰色的双眼一会看向拍卖师，一会看向那只熊，手仍然举着。

"穿蓝色衣服的女士出价十二英镑。"

我搞不懂发生了什么。我们来这儿是为了买家具，是想要给家里添置些有用的东西。而这只熊又大又不实用，而且样子还可笑，这根本不是我们该买的东西。但接着，谢天谢地，事情突然有了转机，另外一个女人也开始了竞价，实际上有两个女人，一个在大厅的后面，另一个在前面，她们都举手表示愿意买下这只熊带回家。这两个女人都像我妻子一样，年龄在三十岁到五十岁之间。两人长得都不是特别迷人，其中一位戴着帽子。这时妻子看向我，她的眼睛闪闪发光。

"我应该继续吗？"她问道，"我要继续，我会赢的，你看着吧。"

我没有回答，我当时真的惊呆了。拍卖师喊出二十英镑时，妻子举起了手；喊出二十五英镑时，她又举起了手；喊出三十英镑时，她再次举起了手；喊到三十五英镑的时候，她还举着手。然而，另外两个女人也不甘示弱。我紧盯着妻子，企图引起她的注意，向她表示我的担心，但她一直盯着前方，目不转睛地看着拍卖师。四十英镑，四十五英镑，五十英镑。我们还比较年轻，刚步入婚姻生活，根本没有闲钱可挥霍，可是妻子还是举起了手，毫不犹豫，她灰色的眼睛澄澈，平静而坚定地注视着拍卖师。五十五英镑，六十英镑，六十五英镑。最终，另外两个女人被我妻子和那只熊之间强烈的感情吓到了，随着拍卖师每一次加价，这种情感变得越来越强。那一刻，我甚至为她感到骄傲，即使这意味着我们必须带这只六十五英镑的大熊回家和我们一起生活。

我尽力将这只熊融入我们的生活，一段时间过后，我发现这也没那么难。我们把它放在次卧，由于我几乎不怎么去那儿，所以很少见到它。不过我注意到，妻子有时会去看看它，要么是早餐后把头伸进房间看上几眼，要么是晚饭后的几个小时里找借口离开餐桌（我们仍然没有买沙发，逛拍卖会的热情来得快，去得也快）。她经常爬到床上和那只熊坐在一起，它沉甸甸的身体占据了整个小床垫。我甚至开始怀疑她晚上还把那只熊放进被窝里。

七月某个星期六的早上，我们坐在餐椅上，餐桌上摊着报纸，壶里煮着咖啡，由于夏日闷热，房间所有窗户都开着。她说："亲爱的，我一直在想，如果你同意的话，我想给熊换个不同的地方。我就是觉得把它关在那个你从来都不去的小房间不太好，你觉得呢？"

她的这种想法似乎无伤大雅，毕竟我们有那么多空地方，所以我同意了。于是那天开始，熊和我们在房子的其他地方一起生活。

她把它放在了客厅的一个角落，让它懒洋洋地倚着一瓶大丽花，看着我们晚上坐在桌旁聊天。一开始我觉得完全没有问题，只有家里来客人的时候才感觉有点古怪。但是，随着漫长的夏日一天天过去，熊还是坐在客厅的角落里，妻子经常更换它旁边的花，每天还会重新摆弄它的四肢。然后我意识到，也不知怎么回事，我开始对所有人和事都变得莫名没有耐心，尤其是在家的时候。有一次妻子把肉汁洒在了桌布上，我狠狠地骂了她一顿。之后我有条鞋带断了，我又破口大骂，我声音太大了，似乎震得窗玻璃都嘎嘎作响。

起初我觉得一定是夏天的天气在作祟，天极少下雨，草都变枯了，而且晚上还有蚊子在我们房间里嗡嗡乱叫。直到某天早晨，我读报时抬起头来看到那只熊又圆又呆滞的眼睛（它的笑脸倒向一边，对着桌旁的我们），我开始怀疑我的焦虑根本不关天气的事。

　　那天晚上，妻子下班回家，发现我盘腿坐在地板上（我们连个地毯也没有）正对着那只熊，仔细地研究它。我那天一直试图弄清为什么它让我如此困扰，想找出它多余的理由，我就是想不明白，怎么会有人想要甚至爱上这样的东西，我真的怎么都想不明白。

　　它体型硕大，将来只能把它放在儿童床的角落，我们会抱着它、抚摸它，跟孩子讲妈妈把它带回家的经过，还会告诉孩子妈妈在拍卖会上展示出了坚不可摧的决心和勇气。而熊的外表——用珠子做成的大眼睛和缝得紧紧的嘴巴——也决定了它不适合用作坐垫或蒲团，或是可以让人随意靠着打盹的靠垫，毕竟谁倚着这么个东西还能自在地打盹呢？当你躺着或者打盹的时候，看到它的眼睛就会起鸡皮疙瘩。我不知道妻子是怎么感觉的，但我真的觉得不自在。

当妻子看见我和熊坐在一起,她跑过来吻了我的额头。我想了一下,既然我想通了它为什么让我困扰,那生活也许会变得容易起来。我们还会像初遇后的几周里那样一起大笑,我会带她出去吃晚饭,有时用餐后还会去跳舞。

"亲爱的,"她说,"你俩这样真是太有趣了。其实我一直在想,你是不是也觉得它或许想看看别的景色。日复一日地看同样的东西,它一定觉得很无聊。"

于是她把熊带进了我们的卧室,让它坐在地上,她一边挪动它一边和它说话,说的像是"就该这么做,亲爱的,你知道的,换换地儿和休息一样有好处"。妻子搬它上台阶的时候,她纤细的手臂环抱在它的腰上。

在之后那些闷热的夏夜里,那只熊就待在我们的卧室,耷拉着头,垂下的四肢倚在卧室的墙上。时间一久,我忍不住觉得它的存在降低了我和妻子做爱的能力。妻子从来不是那种情感特别外露的人。她不会在做爱的时候呻吟、尖叫或者撕扯头发。实际上,在熊出现在卧室之前,她每次都是静静地躺在被单上,用她灰色的小眼睛看着我,而我则用尽各种方法来取悦她。我确信她享受这一过程,因为每次我一结束，她总会拥我入怀，让我的头贴在她的胸前，抚摸我的头发，好像在说："干得好，你这个疯子，干得好。"这样的时刻，我总是感觉受到了指引和庇护，好像这个世上没有事情能给我造成持久的伤害。但是，熊出现了之后，我发现自己很难激起并维持自己的性欲。我知道，被一只没有生命的东西影响，仅仅因为房里除了我俩外还有另外一张面孔，就弄得妻子得不到应有的满足感，这样太不像个男人了。

不管怎么说，妻子开始察觉到了我行为的异样。她过去可能一直都相对安静，但我知道她有留心观察。显然，她注意到了我的不自在，至少她注意到，我不像以前那么费心取悦她了。做爱过后，她不再把我抱在怀里，我再也感受不到那片刻的宁静，那种被人爱着的安全感。相反，在花了那么多力气、流了那么多汗却几乎一无所获后，我只是躺在她旁边，和她肩并着肩，就像多米诺骨牌一样，同时我会盯着那只熊看。

为什么它的出现给我造成了那么大的困扰？我不可能只是因为它无用才不喜欢它。在某个闷热的夏夜里，我躺在沉默的妻子身边，我甚至强迫自己去反思，我是不是有点嫉妒那只熊？可是，当我死死地盯着它用线缝成的露出微笑的嘴，还有它肩膀上磨损的缝线，我就是不明白这么一无是处的东西怎么就能引起人那么强烈的感情。

直到第二天早上，当妻子一边倒咖啡一边抚平我的头发，脸上露出近乎担心的神情时，我才确切意识到这只熊真正困扰我的地方是什么。那一念头戳中我的时候，我真想一把向后推开椅子，径直走出厨房，什么也不解释，留下妻子一人吃早饭。但我没有，我快速抿了口咖啡来掩饰自己的慌张。

那天早上我们面对面坐着，在吐司上抹黄油，给对方递牛奶罐，换着看报纸的不同版面，仿佛没什么不对劲的，我心里想，事情是不是这样——妻子清楚地明白这只熊的尴尬处境？事实上，她强烈感受到了它本身的不和谐感，知道它永远不可能成为真正有价值的东西，而这正是妻子被它吸引的原因，也是她在第一时间就出价竞拍它的理由？我的妻子可能就是那种会对得不到和毫无用途的东西一见钟情的女人？那些东西虽然本身并没有损坏，但是在设计或者制造方面却有缺陷，它们从生产出来之时就毫无用途，从一开始就注定毫无价值。也许她就是那种会同情没有价值的东西的人？正是因为它们没有价值，所以她才会心生爱意，也许是因为她知道，如果她不这么做，就绝对不会有人这么做。我之前从来没有注意到妻子有这种性格倾向，在这只熊出现之前，我一直觉得妻子只爱我一人（当然，不算给了她生命的家人，她也不能选择爱还是不爱他们）。

那天早餐时间想清楚之后的几天里，那个可怕的念头一直在我脑海中挥之不去，尤其是晚上，当我和妻子肩并肩躺在床上，我看见那只熊在床边若隐若现，感觉自己的心情就像坐在天主教堂的长凳上看到耶稣的受难场景一样糟糕。实际上，我经常因为这个念头担心不已，我真的很怕去想妻子的爱的本质究竟是什么，在那只熊出现之前，她是出于何种心态拥抱我，给我温柔的呢？想到这些，我彻夜难眠。每当妻子睡着，我便盯着那只熊看，随着时间每小时向前推移，感觉自己愈发疲倦和焦躁，疑心也愈发的重，我越来越难以从自己身上找到任何可以让一个思想健全的人爱我的理由。

最后，这种想法把我折磨得精神恍惚，于是我直接问妻子："你究竟为什么那么爱那只熊？"

"噢，"她的眼睛几乎像以前一样充满了神采，就像在早春的那些日子里一样，"这确实是一件蠢事。亲爱的，我这样说请不要笑。你必须保证不会笑，保证不说我疯了。我只是觉得跟它有种血缘关系，我很同情它。有时候我忍不住觉得自己就像这只熊。听起来可笑对吗？真的，我觉得听起来一定很可笑。"

她在微笑，但是想到我们一起生活的这些日子里，我让她产生这种感觉，让她觉得自己像那只熊，而我就这么放任那种感觉滋生，根本没有察觉，甚至也没有考虑她一直是什么感受，一分钟也没考虑过……想到这些，我真的非常难过。我还以为自己很了解她的想法和感受，尽管我承认，我们的生活并不完美，但是我曾希望我们能够一起分享感受，能够没有隔阂，能够过上不平凡的日子。

她摸了摸我的手，眼睛还含着笑，我已经好几个月没看见她这样笑了，似乎对她而言，终于表达了对熊的感情是一种解脱。我想自己也许该向她道歉，或者至少尝试跟她说一下：我突然发现了隔在我们两人之间的可怕间隙。但是我发现自己做不到，我甚至连话都说不出口。所以，我只是抓住了她的手，握了片刻。

捕鼠人I

新国王加冕几天后，传我到宫殿里灭鼠。我猜他是想借灭鼠一事宣告自己建立了新政权。我倒希望他只是想消灭宫殿内的老鼠。眼下鼠患肆虐，想要消灭整个城市的老鼠实属不易。更何况，如果他真做到了，那我就没工作可做了。

说实话，我压根儿不喜欢这宫殿。一方面，这些装饰、拱门、圆柱和滴水兽堆起来的宫殿，简直是个丑陋的庞然大物；另一方面，这么富丽堂皇的建筑却一无是处地矗在那儿，就这么空着，也没人住，想到这就让人觉得气愤。这里似乎只剩下新国王，独自一人住在空荡荡的宫殿里，旧王朝的显赫以及趋炎附势之徒，现在已所剩无几，真是可笑。不过，能在这样古老宏伟的王室住所里四处闲逛，我还是有些好奇的。或许还能说这是一次忙里偷闲的好机会，城里的鼠患是越来越严重了——现在每条下水道、每所房子里都有老鼠出没，即便走在大街上，都有老鼠在脚下一窜而过。都怪这些老鼠，现在食物被糟蹋了，家庭主妇被吓个半死，婴儿被咬了，疾病也大肆传播。

来到宫殿，一位老妇人在门旁接见我。很明显，这是用人区的一侧门口。真不是自己恭维自己，连我都比那瘆人的大门有气派。老妇人弯着腰，似乎她是点头哈腰惯了，就索性一直保持那样的姿态，懒得再去伸直身体。她看上去颤颤巍巍的，让我很是提心吊胆。我一向认为，作出某个姿势时，保持平衡是关键。但这位老妇人似乎已经习惯了耸肩弓背，不过也没见她摔倒。她关上我身后的门，并递给我一串钥匙，我猜这是拿她腰上的一部分钥匙配的，虽然她看上去真不像这儿的管家。在这之后，她仍然一言不发，甚至没有正眼瞧我，就这样从我左侧暗沉沉的走廊拖着脚走了过去。我本来还期待一些别的欢迎仪式呢，几句问候也好，甚至带我在宫殿里游览一番——至少得告诉我老鼠活动的确切位置。不过，如果没别的事，像我这种人还是习惯独自行动。跟着她其实也没什么意思，于是我把钥匙塞进口袋，便自己一个人去了。

我搜查的第一批房间大部分都关着，果不其然，里面空荡荡的，根本看不出有人在里面待过。但是，更令我惊讶的是，种种迹象表明：一群老鼠在这儿肆无忌惮地过着令人艳羡的美妙日子。在最初的搜查中，我真没碰到老鼠，但我发现没有一副窗帘是没被咬过的，而且一些防尘罩里面甚至还有它们的窝。不久，我找到了厨房。厨房看起来已经有好几个月没用了，简直成了老鼠的狂欢之地，嘈杂声不绝于耳，老鼠粪便、抓痕、齿印随处可见。

就在这里，我能听到这些老鼠在墙壁中四处乱爬乱跳的声音，但就是不见它们的踪影。看来整个城市的老鼠都学会了如何躲开我。我想象它们在地窖和下水道里议论我，蹲坐着，时不时抽动下耳朵，因为我成功捕获它们亲属的事迹在它们之间广为流传。我就是本地的一个传说。你要是问对人，就会知道我有多出名。

我拿了一包生了虫的面粉，撒一小撮在一些沾满灰尘的地面上，然后转身出门去了走廊。我吹着口哨等着，从口袋里掏出手表，盯着秒针转满一分钟，才再次回到厨房。一进门，我发现一切几乎如我所料，面粉上印有几百个爪印，但是它们的尺寸，天哪！我抓了这么多年的老鼠，还从未见过这样的爪印，简直大得吓人。看来，我在这里要抓的东西都能当啮齿动物的国王了。

我伸手去摸外套内兜里的捕鼠手套，还有一小罐我最喜欢的调制粉末。有些人可能叫它改良版的茄碱，但我更喜欢叫它翡翠粉，因为它是亮绿色的。要我说，那些给世界上所有的物品都取个专业名称的人，内心里没有一点诗意。我戴上手套，在天花板旁的小窗户前举起双手，在昏暗的光线里欣赏了会儿自己手指的比例，然后在带有爪印的面粉上撒了一撮翡翠粉，用指尖把两者混合在一起，好让绿色没那么明显。

老鼠或多或少都是色盲，所以我并不是因为它们才多此一举的。我只是讨厌工作不精细，而且我一向如此。如果我是这里的管家，只要一天，我就能让整个宫殿再次恢复光彩，也许要两天，因为这里显然缺少人手。真奇怪，其实我也没想过这座宫殿会很繁华，但是它也太破败了。不过，至少这样就没有人会抱怨我为捕鼠准备的陷阱和毒药。可以肯定的是，如果这些足印是那些老鼠留下的，那么它们实在是太大了，这样我精心谋划的捕鼠方法就都不管用了。拿我撒在厨房的毒药来说，它可能只能放倒一两只老鼠，也许只能减慢它们逃跑的速度。但这也够了，在捕鼠游戏的这个阶段，我只需要它们躺在那里，而且等我回来时还躺着，这样我就可以对它们进行长时间的仔细观察了。我就像一个裁缝，为老鼠"量体裁衣"。你看：我开始工作前得先看看这些老鼠，这样我才能设计出适合它们的捕鼠器。

我不再想这些潜在的乐趣和游戏，穿过走廊，上了一个石梯。我很快就找到了路，穿过了一堵霉烂的门，我推测以前门上肯定挂着绿色的羊毛毡，然后我走进了一个像是客厅的地方。一开始，这里看起来比我之前到过的用人区豪华多了，更像是我期望在宫殿中能看到的景象。可是，我四下里看了一会儿，然后往前走了几步，空气中那股污浊的气味便又出现了，我还看见家具木腿上的齿痕、踢脚板上的孔和天鹅绒窗帘上长长的划痕。

不过刚进房间的时候，我并未注意到这些。原因有两个：首先，窗帘是拉上的，房间里只有昏暗的灯光和火光。

鉴于外面还是明亮的早晨，这实在有点令人困惑。其次，房间里有个女孩。她正背对着我，盯着镜子不时转动身子。从她的着装风格和烛光打在她头发上的光泽，我立马看出，她和我过去打过交道的人都不一样。我想，要是在外面城市的恶劣环境和尘土中，她的美丽一天都无法维持。然而，我还是忍不住留下来，看着她从梳妆台上拿起化妆刷，小心翼翼地在脸上画着，认真地勾勒她眉毛的轮廓。

"你是打算告诉我你的身份呢？"她问道，"还是打算就这样站一个上午呢？"

我向四周环顾。"我吗？殿下，您是在跟我说话吗？"

她回答道："别这么称呼我，我叫艾瑟儿。"

"艾瑟儿。"我重复说着，不断地品味她名字的音律。

"对，"她说，"天哪，你真的不够聪明，不是吗？"她转身看着我，第一次我从正面看向她的脸，而不是透过镜子。"真的，"她继续说道，"在向人提出这种愚蠢的问题之前，你最好多想一想。除了你，我还能和谁聊天呢？"

"也许吧，"我说，"也许和镜子中的自己对话呢，艾瑟儿小姐。"

她笑了，笑声低沉，像音乐一样，从她的外表看起来，我以为她的音调会更高一些的。她的笑声恰到好处，就像她明白自己的笑声要和身份相符一样。我脱下手套，把它折叠放在口袋里。

"或许我是在跟墙洞里的老鼠说话呢。"她说道，"不管这些了，来吧，站近些，站到我能看见你的地方。"

我向前走了走，站到火光能照到的地方。

"来吧，我又不咬人，你怕什么呢？"

"我没有害怕，夫人。"我说道。

"夫人，"她重复念道，"真的不用这样叫我。我跟你说过，叫我艾瑟儿就好……噢，你居然比我想象的年龄要大。"

"抱歉，艾……艾瑟儿小姐。"

"不用道歉。"她说，"这也不是你能决定的事。对了，你刚才说你到这里来做什么？我好像完全忘了。"

"我什么也没说。"我说道。

"你真的太难捉摸了。"她说。

我发现自己不敢凝视她的目光，便朝窗户走去。

"为什么要把自己关在这里?"我掀开窗帘，让阳光射入，同时霉菌和灰尘也粘到了我的手上，"您应该出去走走，看看不同的人，来一两次探险。我向您保证，没有什么比这更有趣，这样做还对身体有好处。"

她说:"我今天没有心情晒太阳。"但她却向我走来，站在了我的旁边。通过这样近距离的观察，我可以看到她脸颊上化妆粉的颗粒，还有她绿色眼睛周围闪烁的油光——这些看似不足的地方却使我更加喜欢她了。不过，我还是不敢直视她，于是我转向窗户，我们一起看向窗外的地面，地面空空的，还结了冰。我看到一缕轻烟从前面的树林里升起，我还没开口，她就知道我要问什么。

"国王现在住在那里，"她说，"他是我的弟弟，从加冕的那个晚上开始，就一直和他的狗住在那儿。我觉得他不喜欢和我们这些幽灵一样的人住在这里。"

"他是您的弟弟?"我问道。

她点了点头，脸上闪过一丝失落。"是的，"她说，"至少算我一半的弟弟。我年龄大一点。而且，如果他留心的话，会发现我更像父亲。真可笑，过了那么久，我还是不能完全相信我们的父亲已经离开了。他还在楼上，你知道吗？"

我们继续看向窗外，与此同时我在细想她刚才的话究竟是什么意思。

"还在楼上？"我最终问道，"您这是什么意思？"

她伸出手碰了下我的胳膊，我正用那只胳膊撑开窗帘，这似乎是示意我把窗帘放下来，于是房间再次变得昏暗。

"你会懂的。"她说，脸上带着古怪的微笑。然后她又回到镜子前面，让我觉得自己被无视了。

"艾瑟儿小姐，有什么我可以帮您的吗？"我问道。

她摇了摇头。"今天不用了。"

可是，当我点了点头，躬身退出房间时，我忍不住想："要是今天不用了，那明天呢？"

＊

在我的第一次宫殿之行中，另一件有趣的事情发生在下午。当我又回到厨房时，我发现有什么东西正等着我，其实是两只老鼠。因为翡翠粉，它们现在失去了意识，躺在炉灶上面。我往后退了退，来对它们做出专业评估：体型像小家猫那么大；嘴巴外凸，尖牙暴露在嘴巴外面；粉色的尾巴卷着；极度肥胖——这里并没有明显的食物来源，它们怎么长到那么胖的？两只老鼠的皮毛上结了痂；它们的眼睛又红又小。这到底是些什么？这简直是丑陋的终极形态，鼠类成长的最高境界。出于对这一物种的震惊，我呼了口气，然后才开始手头的工作。我把它们扔进麻袋里，然后扛在肩上。我要带这些恶魔回家好好观察。

可在接下来的一个小时里，我却花了大部分时间在大厅里徘徊，寻找那位老管家，或者任何可以准许我离开的人。直接收拾行李回工作室似乎不好，毕竟，我差不多是国王亲自派过来的。但是，似乎每个人都消失了，紧锁的大门内寂静无声。最后，我穿过积雪覆盖的宫殿车道，注视着树林中那缕轻烟，并思考为什么新国王选择在那样的森林中度过他的时光，从那里他怎能看到家中正在发生的事情呢？

*

　　我生活的地方是片废弃的工厂区，那儿很少有来自上层社会的人士光顾。在我出生之前的几年，老国王觉得这里是炼钢的好地方，便在这儿建起了四家工厂，最终这里的东部沦为了一片荒地。这便是老国王看似充满希望，实则愚蠢的做法带来的后遗症。开工厂时他们大张旗鼓、兴奋无比，钢铁业务持续了整整五年。现在，这里只剩下我和一群流浪狗。我发现，在这种地方看见老鼠根本不必大惊小怪。我有一整个阁楼，那是一座巨大的钢铁厂的最上层，现在它全部属于我一个人。我有专门建造捕鼠陷阱的工作间，还有一个用于存放毒药、酊剂和粉末的小实验室，甚至还有一间更衣室。而且这里的景色还很美。其实"美丽"这个词是否可以用于形容这个城市还是个问题，但对于像我这样在这里土生土长的人来说，我向你保证，我对这里已经非常满意了。我可以从窗户爬到屋顶上，看着整个大都市在我面前伸展开来，那数百栋建筑物——白的、灰的，还有黑的，主要取决于它们的肮脏程度。我还能看到成片的乌鸦，到处都是它们黑色的羽翼，就像天使的影子一样。

那天工作完回到家，我的肩上扛着之前抓到的两只巨大的老鼠，我发现我比平时更喜欢自己的房子了。正好这次我有机会把自己的房子与国王的宫殿进行比较，结果发现我居然更喜欢自己的家。我大声笑了出来，为回到自己简陋却整洁的家而高兴。我用手指在工作台上摸索，锤子、钉子、钳子、锯子和砂纸一排排地放在上边，整齐有序。我审视了下房间的角落，那是我睡觉的地方，我仍然十分开心和自信，为身处自己家里而欣喜。直到我朝镜子前望去，想到只有我一个人能够欣赏如此完美的房间，我的心情瞬间变得忧郁起来。此处只有我和一群老鼠，简直羡煞旁人。

我费力地将两只老鼠放到工作台上，其中一只在袋子里晕乎乎的，好像正在摆脱毒药的作用。显然，再次去宫殿之前，我得研制出更强力的翡翠粉配方。我迅速用皮下注射器给这只老鼠注射了一种药物，这是专为这种场合提前准备好的，然后我便开始着手设计捕鼠器。

这一过程并非像你想象的那样简单。它涉及基础工程学的知识，甚至还涉及心理学方面的知识，这绝对是一门艺术，而我也一直为此感到自豪。比如，我设计的每个捕鼠器都带有不同样式的星星图案，这样，老鼠死前最后一眼看到的图像就是星星。因为在我看来，如果一个活着的灵魂在离开人世前能想到宇宙的无边无际和无限的可能性，那简直是最富有诗意的一件事了。

我拿出尺子和卡尺，开始测量这两只老鼠的尺寸，我工作了很长时间，直到傍晚才结束，那时窗前的最后一缕光线已经消失，我不得不从长凳上起身拉上窗帘，然后点上灯。这时我的注意力突然分散了，一个念头突然涌入我的脑海，那是手指触碰我的手臂给我带来的内心涌动。即使我知道如果再不开始工作，可能就来不及在天亮之前睡上几个小时了，我还是花时间做了其他事。我用木头雕刻了一个小星星，我想这只是一件很小的事情，而且也没什么坏处。

*

第二天一早，我把捕鼠器带到宫殿。我把它用布包了起来，以免惊扰为晨间事务忙碌的淳朴市民。我口袋里还揣着钥匙，所以我直接进去了。当然，还是从用人出入的门进去的，然后我直接走到厨房。但我没有立刻进厨房，因为我发觉那位老管家正在那儿，和什么人说着话。我悄悄趴在门框边上，看她是在跟谁说话。我终于解开疑惑，明白了那些老鼠是怎么长到那么胖的。她坐在炉子旁的一把小椅子上，弓着身子，手里满捧的谷粒，一大群猫一样大小的老鼠围在她的脚边，吃她手里的谷粒。在她从口袋掏出更多谷粒的时候，那些老鼠爬上了她的腿还有脚踝。房间里并没有其他人，她只是在跟老鼠讲话，还给它们取了好听的名字，嘴里哼着跑调的摇篮曲。我并不是个神经质的人，但是看到这样的场景我都开始反胃起来了。老鼠的确很恶心，但它们也不是自己想做老鼠的，而人却不一样。在此之前，我从未对他人感到如此反感。

我咽了咽喉咙里的胆汁，把捕鼠器留在了外面的走廊，然后走进了房间。我一进门，鼠群便从她的脚下四处逃窜，最后消失在黑暗的角落和橱柜中，或墙壁上的洞里。管家跳回到了椅子上，似乎那样可以掩盖她刚才的所作所为。

"你倒是洗洗手，坐直了，你这副鬼样子真恶心，和动物有什么区别。"

"请理解我吧，"她说道，双眼充满泪光，双唇微张，"整个宫殿都没什么活物。"

她摊开双手，好像这样可以替自己解释。我的胃再次翻滚起来，这次完全跟老鼠无关。

我告诉她："我是国王派来的，你只能指望我把自己的本职工作做好，别的，我一概不管。"

起初她什么也没说，只是张开了令人恶心的嘴，口水顺着下巴一直往下淌。

"你可真是，真是残忍。"她最终结结巴巴地说道。

"你简直让我想吐。"我只说了这一句，然后就转身离开了厨房，我拿起捕鼠器，准备去宫殿里其他让我不那么恶心的地方。我感觉自己真的需要好好缓一下情绪。

*

我在三楼的一个房间里发现了艾瑟儿小姐。她背对着我，从高高的窗户向外望，她深色的秀发散落在肩上。我脱掉手套，把捕鼠装置放在地板中央，仍用布盖着它。这个房间看起来有些奇怪，像是一个孩子的房间，但是里面却光秃秃的，只有一个壁炉和一匹陈旧的木马靠在墙边，墙上明亮的油漆全都脱落了。墙壁同样也很破旧，上面粘着斑驳的剥落的石膏灰泥，但看起来墙上好像曾经画有一些动物和奇怪生物的图像。其中正对着我的像是一只带翼的狮子，当我用手指在它上面滑过时，一些灰泥掉在了我的手上，那是破碎的羽翼的一小块。

"这里曾经是个儿童房。"艾瑟儿说，她还站在窗户前面，"我讨厌待在这里。我想和父亲一起坐在正殿上，坐到他身边，就像他曾经向我保证的那样。他是在结婚之前向我承诺的，那时我弟弟还没出生。我以前每天都这样站在这里，望着外面。好几个小时过去，我也就这么站着，一动不动，渐渐地，他们把玩具也拿走了。如果我不玩这些玩具，其实拿不拿走都一样。"她转过身看着我，"你喜欢玩游戏吗，捕鼠先生？"

"您怎么知道我的身份的？"

"哦，母亲告诉我的。"她说。

突然一个可怕的想法涌上我的心头，但我竭尽全力不去想它。

"恐怕大家都认为这不是一个光彩的职业。"我说道。

艾瑟儿只是点了点头，然后走到我的捕鼠器旁。"这是什么？一种新型的灭鼠工具吗？"

"您最好还是不要碰它。"我急忙走向她的身边，但她已经把布掀开了。当看到脚边的装置时，她的眼睛睁得更大了。

"您觉得怎么样？"我问她。

"它……"

我不知道自己期望从她那里听到什么。或许是野蛮、残忍，也可能是毫无人性。但她却没再说话。

"它是怎么运作的？"她换了话题，"给我展示一下吧。"

"您确定想看？"

她点了点头。

我从未向任何人展示过我的捕鼠器。不是因为它是我的秘密或其他原因，只是很少有人感兴趣。而且我也在想，给一个像艾瑟儿这样可爱的年轻小姐看是否合适。但是后来我想通了，她不是那种容易被吓到的人。我蹲下身子，把手撑在捕鼠器旁的地板上。

"不管雄鼠从哪个方向过来，它都会看到一个木质通道，通道会将它引到捕鼠器的主要部位。它会不断沿着螺旋通道往前走，一直走到顶部被遮住的这块区域，接着它就会穿过帘子，掉进这个木盒里。"我从外面拍了拍一块木头，"然后……"

"等等，"她打断了我，"你如何确定它们会像你所说的那样做呢？你怎么知道它们会爬上这个斜坡呢？"

"哈哈，"我笑了笑，"问得很好，我让这块木头充满了香粉的味道，在斜坡的底部只能隐约闻到香味，但是随着它往上爬，香味越来越浓烈，它会一直爬到顶部香味最浓的地方，就在帘子后面。"

我从未见过哪个人听得这样入迷，心里暗自佩服自己高超的解说能力。

"您想看看后面吗？"我问道，然后伸出手指将小小的天鹅绒帘子推到一边。

她走近看了一眼。"噢!"她看起来很惊讶,"为什么里面全是星星? 看起来像夜空一样。"

"那个吗? 那是我设计的图案。"我告诉她。

"你设计的图案?"

"您还能在那里看到什么呢?"我问她。

她再次看了看。"一个刀片,"她说,"挂在天花板上。"

"对,还有呢?"

"还有……一扇门。"

"确实,这扇门只能从内部打开。"

"为什么要设计这样的门呢?"她问道。

"当然是让老鼠出去了。"

"我还以为它只是用来捕鼠的呢。"

"它确实是用来捕鼠的,相信我。刀片是有毒的,我在上面涂了一些翡翠粉。"

我放下帘子,给她看了一个小罐,里面装着我在清晨刚制成的一种全新的致命毒药。她伸手去拿,但她还没碰到罐子，我就把它放回了自己的口袋里。然后我转身看向捕鼠器。

"老鼠掉落产生的重量会触发机关，让刀片摆动。它不可能从这些刀片中逃脱，但如果它和我昨天在厨房里发现的两只老鼠的体型差不多，那么它可能只会受到轻微的擦伤，甚至可能意识不到自己受伤。它可以从下面的门逃走，但是走不了多远就会毒发身亡了。"

她吸了口气，抬头看向我。

我继续说："甚至都不用清理，一个具有无限杀伤力的捕鼠器，简直就是个小型屠宰场。"

"香粉。"她念道，她的表情突然变得难以琢磨。

"您说什么，小姐？"

"你刚才提到了香粉，但是我几乎闻不到。它是什么味道？"

"哈哈，"我笑了笑，"这就是最有趣的部分了。您得像雄鼠一样思考——思考它们想要什么，它们会追着什么跑。"

"食物？"

"是的，食物总是最能吸引它们。但是在这样一个似乎不缺食物的地方，也许我们就需要点儿别的东西来引诱它们了，一些更让它们难以抗拒的东西。"

她仔细地盯着我看。

"您猜得到是什么吗？"我问她。

她回答说："我猜不到。"但我知道她在说谎。

"是雌鼠的气味。"不管怎样，我还是告诉了她。

她说："难怪你之前说的是雄鼠。"

"是的，难怪我之前说的是雄鼠。等到时机合适，我会为雌鼠再做一个陷阱，只是这一次，我认为'女士优先'是不礼貌的做法。"

"很好，"她说，"这简直太厉害了，甚至可以说它……"她的绿眼睛闪烁起来迎上了我的目光，"甚至可以说它很巧妙。"

"巧妙"。这个词语似乎开始放大，让我们之间的空气变得明亮起来，就像一滴墨滴入一碗水里。我凝视了她一会儿，然后把手伸入外套，在锡罐和瓶子之间摸索前一天晚上雕刻的光滑的木星星。我张开手掌拿给她，但她却突然后退了一下。

"收下吧，"我对她说，"这是给您的。"

她皱了皱眉，说道："像是你设计的图案。"

"是有点像，我知道这礼物并不贵重，但是我从未给任何人看过我的捕鼠器。我希望您能留着它。"

她挑了挑眉，向我走近了一步，然后迅速从我手中拿走了它。

"我感到非常荣幸，艾瑟儿小姐。"我对她说。

突然，门那里传来了叮当响声，把所有美好的氛围都破坏了。原来是老太婆来了，手里端着茶盘。我发现，自从那天早上见到她之后，我甚至都不想再看她一眼，所以我走开了，双眼凝视着窗外。

"我给你带了一些点心，"我听见背后传来她低沉而又沙哑的声音，"所有人都需要时不时地休息一下，尤其是做这种辛苦的工作。"她将茶盘放到地板上，发出了轻微的碰撞声。

我仍站在窗前，听着老太婆和艾瑟儿摆弄那些茶具——银勺、糖钳和瓷罐的碰撞声源源不断，显然整个过程她们根本不需要交流。这看上去就像是她们之间的一种惯例，看到这一幕，我忍不住又想起早先产生的可怕的怀疑。

"你不跟我们一起喝杯茶吗？捕鼠先生？"艾瑟儿漫不经心地问。

"不了，谢谢。"我回答道。

想到艾瑟儿喝的是那个老巫婆倒的茶，我便再次感到恶心。

*

我去宫殿的其他地方工作，设法摆脱自己糟糕的情绪，在这期间我不时做着关于艾瑟儿的白日梦，不时幻想把翡翠粉混在老巫婆的茶里。虽然这种粉末状的毒药是亮绿色的，但是一掺到茶里颜色就暗了。也许一杯不错的阿萨姆茶，或者是一杯正山小种红茶可以完美掩盖它的颜色，我很确信。想到这里，我的心情比这几周以来都要畅快。真有趣，我甚至都不知道它尝起来会是什么味道。我从未想过自己会花精力仔细考虑茶水的味道。很快我就提醒自己，其实这也不重要。不过想来也挺有趣的。

为了让自己摆脱这种病态的想法，我开始想象带艾瑟儿去参观我房子的情形。想到她站在那儿，她的优雅和沉着与周围环境形成鲜明的对比，我就开心不已。但是我的公寓比这座霉烂的宫殿维护得好多了，难道不是吗？况且，她在这里似乎大部分时间都只是盯着镜子或窗外。也许她会喜欢这个逃脱的机会。

我想象自己向她鞠躬，牵着她的手，邀请她和我一起共度一晚，甚至可能再参观一下我的住所。虽然我的房间空荡荡的，可能无法满足她的审美。当然，我得给她准备一个梳妆台，还有一些其他小装饰品，让她有一种回家的感觉。但是，我敢肯定，她会喜欢上整个城市的美景。我想象自己爬出窗外，向她伸出我的手臂，以便她可以跟着我一起爬到屋顶上。在我的想象中，我们像这样一连待了好几个小时，肩并着肩，随意畅谈，看着乌鸦在我们周围的建筑物上盘旋。在我的白日梦中，她非常高兴有我陪着。

*

那天晚上，我仍然找不到任何人批准我离开。整座宫殿看起来安静而惨淡，尤其是在天黑之后。当然，我不是真的准备带艾瑟儿小姐一起回到我的家里，但是当我在大厅闲逛，喂喂地叫着并吹口哨，希望找到除我以外的人的时候，我不禁更加确信，她有时肯定是想离开这里的。毫无疑问，像她这样一个活泼的年轻女性，难道不会时不时地渴望更多更好的陪伴吗？

在回家的路上，我沉迷于此前想到的种种，在宫殿车道上的一层新雪上嘎吱嘎吱地走着，直到看到林间升起的那缕轻烟，我才被短暂地从沉思中唤醒。那是另一件怪事。新国王吩咐我来这儿，自那以后，我却从未见过他。他什么时候会从树林里出来呢？毕竟，他偶尔还是需要来一次宫殿的吧？在外面他也不便于管理，难道不是吗？回去的路上，我快速朝烟升起的地方鞠了一躬，或许这个姿势看上去很蠢，但不知怎的，它让我感到更加愉快，仿佛所有事情都比看起来的要有序。

晚上我回到自己的住所，先拽了个毯子裹住自己，然后走到工作台。我感到很疲倦，十分渴望逃离冰冷的空气，进入温暖的梦乡，但是在此之前我想先做些事情。我还有一些制作捕鼠器剩下的木头边角料，我用锯子和砂纸在它上面打磨，直到我昏昏欲睡，几乎无法在昏暗的灯光下看清任何东西才停下。最后，我来到窗前，检查自己做的是否满意。我做的是个完美的新月。

我把毯子再次裹在身上，蹒跚地走到床边，我的身子骨因寒冷而僵硬起来。跟你说实话，此刻即使是艾瑟儿小姐的笑容，也没有合上眼、倒头大睡对我更有吸引力。

*

第二天早上，在宫殿的用人区我一个人也没遇到，甚至连老管家也不在，这倒是让我松了口气。我遇见的第一个活物又是一只大老鼠，它在厨房的操作台上抽搐，两天前我在那儿撒了一些翡翠粉。我戴上手套，迅速拧断了它的脖子，然后穿过阴暗的走廊，走向宫殿更开阔的地方。

我正要回到那间旧儿童房，突然听到她那独特的音乐般的声音从走廊深处某个门后传来。门半开着，所以我大胆地把它推开了，又往里走了点儿。

我立刻意识到自己犯了错误。正如我所见，艾瑟儿并不是一个人。她坐在镜子前，这面镜子和我上次看到她照的那面一样奢华。老管家站在她的身后，手里拿着一把梳子，把她长长的深色头发编成辫子。老太婆对我的突然出现并没有什么反应，可能她太专心了，所以没注意到我的身影。但艾瑟儿小姐却不一样。她坐在镜子前一动不动，老太婆那双脏手在她闪闪发亮的头发上弄来弄去，对此我简直气得咬牙切齿。她的眼睛立刻闪烁起来，透过镜子与我的目光相遇。我最后看了她一眼，发现在灯光的照耀下，她的美十分耀眼。然后我便从房间里走了出来，远离那个恶心的场景。

在去儿童房的路上，我听到身后的一扇门砰地关上，急促的脚步声回荡在走廊上。

"捕鼠先生，"她的声音响起，"你确定要这么急着离开我们吗？"

"艾瑟儿小姐。"我向她点头致意。那天早上她穿着件绿色的衣服，和她眼睛的颜色很配。"我以为您很忙。"

"我从来不忙，"她说，"在这种地方谁会忙呢？"

"但是管家呢，小姐？"

"她可以等我，"艾瑟儿说，"其实，我一直在跟她讲你的捕鼠器——就是你昨天给我看的那个。"

"您对她讲了？"

"是的，"她说，"而且她比你想象中的更感兴趣呢。过来坐在我旁边吧，我得让头发定型。"

"恐怕我不能答应，殿下。"

艾瑟儿的脸色沉了下来。"我说过的，不要叫我殿下，我告诉过你，我的名字是……"

"是艾瑟儿小姐，我知道，但是我一定要走。"我告诉她，"我还得在宫殿的其他地方工作，毕竟这是国王的命令。"由于我开始怀疑，她和那位老妇人的神秘关系是否正如我猜测的一样，所以我认为最好忍住不表达出我的厌恶之情，这样或许还能和她多待一会。

"可是，可以肯定的是，这里并没有那么多的老鼠呀！"艾瑟儿说。

我不禁注意到她语气里的假装轻松，平时的她都是如此镇定，这让我感到很奇怪。既然就在这里生活，她肯定知道宫殿中老鼠是多么猖獗的吧？

我说："这些就够让我忙的了，艾瑟儿小姐。"

她的脸色显得更加阴沉了。"很好。"她说完便转身走了。

"艾瑟儿小姐。"我叫住她。

"什么事，捕鼠先生？"

"我有东西给你。"我脱下手套，翻了翻外套口袋，找到我昨晚熬夜在工作台上为她雕刻的那颗小月亮。

"给您，"我说，把月亮递给了她，"用来配您的星星。"

她从我的手掌中拿去，仔细看了一会儿，她看上去很认真，用手指翻来翻去地看。

她问："你真的确定不和我们一起吗？"

"我确定，艾瑟儿小姐。"

她说："真是太可惜了。"然后她走回房间，关上了门。

*

这是真的吗？像艾瑟儿这样的人，美丽优雅，还是国王同父异母的姐姐，竟然会为不能和我一起共度清晨而觉得可惜？起初我根本不敢相信。

随着早晨慢慢过去，我的心情开始变得越来越舒坦，甚至感觉有些许快活。我一边回味艾瑟儿口中"真是太可惜了"这句话，一边把翡翠粉四处撒在充满霉味的走廊，同时沿着翡翠粉的踪迹撒上香粉用作诱饵。我意识到自己在工作中又哼起了小曲。我唱的是首水手号子，这是我在码头上从某个水手或别的什么人那里听来的，不过旋律倒是很好听，这让我想到即使在最恶劣的条件下，做着最苦闷的工作，只要知道如何苦中作乐，那么生活依然是美好的。此刻我在宫殿的另一处工作，在精美的壁毯被啃咬的边缘撒上毒药粉，这时一扇门吱吱作响地打开了，一个我从未见过的年轻人走了出来，我倒没觉得紧张。他站姿笔挺，穿着一套崭新的干净西服。可能是由于他整洁的外表与周围的环境形成了鲜明的对比，也可能是因为他冷着脸，或是因为他关门的方式就像是要防止我粗俗地窥探房内的任何珍贵物品。不管怎样，看见他的第一眼我就没一丝好感。

"如果你不制造噪音，我会非常感激你的。"他说道。

"你在说我，先生？"我问他，一边把多余的翡翠粉从边缘抖掉，"噪音？"

他说："你唱跑调了，而且还打扰了我工作。"

"哦，这样的话，请您务必接受我最诚挚的歉意，先生。我承认，恐怕我自己从来就不是音乐家的料儿。"我说。

"显然，"这个男人说，"还有，不管你正在做什么，如果你能去别的地方工作的话，我会感激不尽。我在处理一些最重要的文件，不能分心。"

"但我是来这里捕鼠的，先生，"我说，"无论是去哪里，我都必须把我的工作做好。"

他看向我的表情有点像惊讶，也可能只是纯粹的厌恶。

我继续说："我有义务在这座宫殿的每个走廊上放上捕鼠器和毒药，这是国王的命令。"

"哦，原来是国王派你来的呀？"那人叹了口气说道，"好吧，那肯定有他的道理，那就请便吧，捕鼠先生。"他仔细地看了会儿他的手指甲，然后说："无论如何，请你至少不要在我房间这里好吗？对了，如果是我，决不会去儿童房那里。但是，我敢说，如果你识好歹，你肯定早就心知肚明了。"

"儿童房？"我还想问他什么，但是他已经走回他的房间，关上了门。

我在壁毯上撒完了毒药。出于好奇，我还是向前走去，仔细看了看门牌。门牌被擦得发亮，和我在宫殿里看到的其他所有东西都不一样，它被保养得很好。门牌上用优美的花体字写着：肖（法学博士）。我也不知怎的，就是忍不住地在它前面的地面上啐了一口。

*

我知道让一个像他这样的人毁了我的整个下午非常愚蠢，但是我还是忍不住反复想，他说不要去儿童房到底是什么意思呢？我甚至开始怀疑，那是否是某种威胁。他对我的敌意非常明显，我也只是为了完成我的工作，我实在想不出他有什么理由这么敌视我。难不成他已经去了儿童房，对我的陷阱动了手脚？这个念头一直萦绕在我脑海里，直到我无心工作，于是我把香粉和装翡翠粉的罐子直接放在了走廊里，然后走回儿童房检查一番。

*

我发现捕鼠器完好无损，就像我之前摆放的那样，立在儿童房正中间。一切都没有变，除了现在它的周围零星散落着一些死老鼠，其中大部分在毒性完全发作前从刀片那里往外跑了一段路，从距离可以判断哪只老鼠最强壮。看到这些黑乎乎的尸体像这样躺在地面上，我想到了乌鸦，想到在我家窗前看着它们飞过城市，想到它们的翅膀在屋顶投下的阴影。可是眼前的景象和那完全不同。在许多方面，这些死老鼠躺在地上的姿势与乌鸦的那种自由、那种优雅恰恰相反。我蹲下来，去看离我最近的一只死鼠。它的眼睛胀得鼓鼓的，我可以看到它的下颌还残留着冰冷的液体，它在死前最后的几秒钟里肯定还在不断地口吐白沫。这让我想到艾瑟儿曾说的"十分巧妙"，想想我还真差点儿就要相信了。

"别碰它。"艾瑟儿的声音从我身后的门口传来。我没有听到她的脚步声，但我还是尽力故作镇定。

"没关系，我已经习惯了。"我说道，"它已经死了，它不会给我造成任何伤害，看吧！"我提起那只老鼠的尾巴给她看，但我立刻就后悔了。她退缩了一下，几乎尖叫了出来，然后飞快地用手捂住嘴。

"别碰它们，拜托，"她说，"我真的宁愿你别那么做。"

"我只是在做我的工作。"我说，"对了，艾瑟儿，你在这里看到一个叫肖的人吗？他跟我讲了些儿童房的事情，叫我不要来这里。你知道他为什么这么说吗？"

她微微笑了一下，但她看上去仍然很苍白。她说："他可真贴心。"

"你说什么？"

她摇了摇头。"这不重要。"她走到窗前，看了一会儿窗外冻得硬邦邦的草坪。刚才我吓了她一跳，现在她似乎在慢慢地让自己冷静下来，缓缓地呼气，慢慢地抚平裙子。然后她转过身来，逐渐褪去的午后阳光映出了她的侧影。"我并不是来看死老鼠的。"她说，"我想问你，你愿意和我一起去散步吗？每天的这个时候，我总是感到非常孤独。"

我简直不敢相信，我一直在捕鼠器旁边蹲着，现在从蹲着的地方起身。

"散步？"我问道。

她微笑着说："没错。"

"老管家也一起？"

"她不来。其实，我觉得她最好还是不要来。"

"你确定吗？"

"当然啦！"她说，"我非常确定。"然后她走过来，握住我的手。这本来应该是世界上最美好的一刻，而我却觉得有些难为情。我仍然戴着捕鼠手套，经过这一整天，谁知道上面沾了老鼠身上的什么脏东西，而现在这双手套却碰着她光滑无比、充满芬芳的肌肤。我试图把手抽回来，但艾瑟儿却把我的手握得更紧了，然后拉着我走到门口。

"来吧，"她说，"不要害羞，捕鼠先生，不要扫兴，我知道你想来。我带了一瓶酒和其他东西，非常齐全。一定会很好玩的，别那么无聊嘛。"

她说得没错，我确实想和她一起去，而且是非常想。因此，我打消了疑虑，跟上了她，尽力去相信身为国王女儿的她真的想和像我这样的人共度一晚，也许她真的很孤独吧。

*

我们一起沿着车道散步，穿过宫殿的庭院，一直走到湖边。湖非常大，还结了冰，湖面在月光下闪闪发光。她倒了两杯酒，然后我们坐在岸边，用我的外套当作野餐垫。我当时很冷，但因为兴奋过头，甚至都忘了寒冷。

"我母亲不喜欢你。"她突然说道。

"她是你的母亲？"

"当然。"她说。

"你可以替我转告她，我也不太喜欢她。"

她抿了一口酒。"她其实没你想的那么坏，你可能只是看到了她最糟糕的一面。"

"是这样吗？"

她想了一会儿，然后说道："小时候，父亲很喜欢我。父亲把我看作他的掌上明珠，直到最后他坠入爱河然后成婚。如你所料，那时我的存在给他带来了一些不便，于是我被抛弃在儿童房。这些年里，我一直被关在那儿，好像我私生女的身份会传染似的。但是，因为母亲的陪伴，我并没有完全被抛弃。没有人要求或命令她这样做，但她却一直在某个地方守着我。"

"和一群老鼠一起守着。"

艾瑟儿没有回答，只是继续喝着酒，并不看我。过了一会儿，她问："你知道，你设计的陷阱……"

"怎么了？"我回答。

她转过身盯着我的眼睛说道："尽管所有的门、滑轮和坡道都设计得很巧妙，但真正高明的地方在于弄清楚这些老鼠想要什么、需要什么，我这样想对吗？"

"诱饵，"我点点头，"只要你看明白了，实际上这十分野蛮。"

她没有说话，我注意到她绿色的双眼比平时更闪闪发亮。

"艾瑟儿，你在哭吗？"

她摇了摇头，望向湖面。一两分钟后她才再次开口。

"捕获我的诱饵又是什么呢？"她说。

"什么？"我问道，尽管我完全明白她的意思。

"我想要什么？我需要什么？"

"我……我也不知道。"

"但你肯定想过。"

我想努力逗她笑，或者说些好话分散她的注意力。但是我只说了："当然。"

突然，我为那么多年职业生涯教会我的思考方式感到羞愧无比。我站起身，往湖边走了几步，清了清我的思绪，想着她会不会跟上我，甚至或许会握住我的手。然而她并没有，所以我歇了口气，然后又回到她的身边。她的脸在月光下显得奇怪。我想她可能是冷了。

她说："我希望被派过来的人不是你，而是其他人，什么人都行。"

"如果你愿意的话，我想带你离开这里。"我对她说道，就像说梦话一样，"我们可以忘掉这个地方，忘掉国王、老鼠、你的母亲，忘掉一切，就这样离开。如果你愿意，你可以和我一起生活。我可以带你看我的工作台，还有我窗外的景色。"

她什么也没说，甚至都没有看着我，只是凝视着前方，表情不为所动。

"你真荒谬，"她最后说，"回来坐下，把你的酒喝了。"

两杯酒并排摆在雪地里，她的酒杯空了，我的还几乎是满的。我一口气喝完了，然后说："你冷了吧。这样的晚上坐在室外实在是有点蠢。让我送你回宫殿吧。"

她站起身来，摇了摇头，拉紧了自己的皮大衣。"不，谢谢。"她说，"我可以自己回去，毕竟这里是我的家。"

"当然。"我说。

她躬身去拿我的外套，抖掉了上面的积雪，递给了我。

然后不知怎的，我觉得有必要向她解释一下她对我的真正意义，但是除了所有这些关于诱饵和陷阱的话题外，我几乎不知道从哪里开始讲起。"谢谢你。"我对她说，"在遇到你之前，你知道吗？在这个世界上从来没有其他人，从来没有其他人让我产生过这种想法……"

我盯着树看了一会儿，试着让自己冷静下来，当我回头看她时，她正看着我，但我仿佛从她的眼神里看出了对我的怜悯。

"别那样看着我，"我说，"艾瑟儿，别……请别那样看我。"

我向她伸手，但她却转过身跑开了，径直跑过积雪的地面，跑回宫殿。

"晚安。"她走时，我向她喊道。

我没太多时间考虑她奇怪的行为。我还没有走到宫殿大门，肌肉便痉挛起来，我开始感到呼吸困难。我的四肢抽搐着，胃里不断翻滚，我突然想到一件事，伸手进口袋摸翡翠粉。口袋里当然没有，我能在脑海中看到它，就放在走廊上的手套旁边。当时那个律师不着边际的话语令我心烦意乱，我便把所有东西都放在那儿了。

我跪倒在地上，忍不住想这样的结局难道不是我自找的吗？我简直太不知道天高地厚了。但是紧接着我想起了她的眼睛，还有她的微笑。我简直无法相信这就是我的下场，因为既然她那么美，她也一定该有怜悯之心啊！如果我没抖得那么厉害，那我可能要放声大笑，因为在我失去意识前，最后看见的东西就是布满繁星的广袤天空。

心　病

反反复复整理同一个手提箱，却没有决定下一步要做什么、要去哪里，其实也没想明白是否真的有必要去某个地方。你能这样反复多少次而不感到惊讶呢？伦敦快把我逼疯了，至少在某些说不上来的方面，我感觉非常不适。这种感觉太抽象了，我无法准确地表达出来。但之所以产生这种感觉，部分原因在于此处庞大的人口数量。要不要上街走走也得纠结一会儿，高峰时段的地铁上，陌生人相互挤来挤去——身旁的女人很生气，板着张脸往前挤，因为几分钟前，一个背着双肩包的高个男人没注意到自己正往后倚靠在她身上，她不得不用力抓住黄色的金属杆让自己挺直身体。这个城市总是这样：陌生人冷漠，甚至无缘由地残忍。生活在这里如此不安，如此不快，只有适者才能生存，而老人和小孩则被收进医院、托儿所和其他天知道的地方，轻易地从人们的视线中消失。

所以，我不喜欢这座城市，我不喜欢它的生活节奏，我担心它正在改变我，可我还是留在这儿。我虽待在这里，可是每过一日，我对这座城市的好感就减少一分，而厌恶之情却与日俱增。现在，我发现自己一直在回想，去年圣诞节回到基洛格林的家时是多么地不安。一开始，我记不起在凯里郡机场检查护照花了多长时间。我只是感到沮丧，柜台的那个女人似乎认识经过的每一个家庭，似乎连一些最新发生的鸡毛蒜皮的小事都想了解——比如约翰的新自行车骑得怎样，阿约夫的宝宝最近怎样，有没有长乳牙，芬坦是否还对狗过敏，安妮和她的小可可最近怎样了。然后，我又想到在书报亭等着罗瑞递给我二十包万宝路香烟，看着他那一双苍老的手在九十年代的古老收银机上慢慢敲打——当然，我还想起了姐姐的脸庞，当时我对父亲没了耐心，因为他花很长时间才产生一个想法，然后再说出来。我在飞快加速向前，而父亲却以同样的速度变得迟缓。他前进的速度太慢了，甚至已经开始倒退，他逆时间前行，最近发生的事都消失在了迷雾里。

可是，照我说的话，我还在这儿，虽然不是坚定地想留下，却也没有下定决心要走。我破旧的手提箱一直是收拾好的，就放在我们巨大无比的衣橱里，以免发生一些我没有预料到的事——也许我会突发奇想，想到一个神奇的方法来解决我的生活问题，直到现在，这个问题已经存在了两百一十四天，而我却找不到任何一种合适的解决办法。那些日子里的每一天都似乎是一块拼图，它们堆在盒子里，不知道它们能不能拼成一幅全新而完整的图案。

我的未婚妻比阿特丽丝大多数日子都在上班，有时甚至星期六也会去，她非常有干劲。在她上班的那些日子里，我从巨大无比的衣橱中拿出手提箱（我说"巨大无比"，是因为它占了我们卧室空间的一半，而且显然，它比任何正常人过日子用到的衣橱都大），然后花二十分钟左右看箱子里的东西。有时我取出一样，有时我往里面放一些之前觉得没用的。比如今天早上我往里放了一个指南针，因为我觉得即使不确定自己要去哪儿，但是以某个固定物体为准，确认自己的方位，总归是有用的。

有时候在早晨，我会把手提箱中的物品一件一件地取出，把它们并排放在床罩上，然后依次仔细检查每件物品：装着英镑的信封、装着欧元的信封、伦敦公寓的钥匙、基洛格林老家房子的钥匙、羊毛帽、母亲的《大海》的影印本（直到现在我都没能挤出时间读这本书）、应急香烟，现在又多了个指南针。检查完之后，我会把物品再放回箱子里，扣上锁扣，思考要不要当天早上就拎着手提箱走出公寓，再也不回来。

也许我会穿过伦敦的街道，紧紧地握着掉皮的手提箱把手，在这座被污染了的大城市里迂回前行，走向利物浦大街车站。我想象自己会及时赶回家帮母亲和姐姐做晚饭，父亲还认得出我，我还是他熟悉的那个儿子，我还能和他们一起闲聊吃早饭，一起在沙滩上散步、驱车进山，就像我和哥哥姐姐小时候经常做的那样。到利物浦大街之后，我会赶上去机场的火车，一到机场，我会直接走到瑞安航空的工作人员那里，然后说："我要一张去凯里的单程票，谢谢。"我要用银行卡付款，我才不在乎机票多贵，因为有时候还有一些比钱更重要的东西。但是，柜台那位穿着花哨的蓝黄工作服的女士可能会微笑着告诉我:"今天没有去凯里的航班,您得等到星期三才有……"这样的情况也不可避免。虽然用不了多久就到了星期三——和人的一生还有地球的历史这样漫长的时间相比不算长,况且我都已经在这儿等了两百一十四天却始终犹豫不决——但是那种一时冲动和突然萌发的浪漫会消失殆尽。我又想到了比阿特丽丝和我们温馨的伦敦公寓,想到她所有的茶蜡、衣服,还有我们一起买的餐具。

没有飞往凯里的航班,这简直令人难以接受。太残忍了,我本来有更好的打算,本来提前计划好了预订星期三的航班,在她上班的时候消失。她肯定觉得我会在家,她下班回来会跟我吐槽邻居,或随心所欲做些她喜欢做的事情。所以,我会走出机场——这个完全存在于幻想生活中的另一个我——然后再次坐上火车。我每走过一英里路,手中的手提箱就变得越来越沉,指南针不断旋转,在我们伦敦公寓的大门和我刚去过的机场的方向之间来回摇摆。

然后,我会在下班晚高峰穿过这座城市,在面庞瘦削而棱角分明的上班族间穿梭(我多么希望自己也像他们一样明确地想回家)。最后我远离了所有的人行道和建筑物,走进了海德公园，那里不再那般拥挤，没有急躁的人群，只有一些步履放缓的行人：那些人带着目的在散步，但是下定决心不向城市的忙碌屈服，他们有时会抬头闻闻玫瑰。我也会尝试闻一闻玫瑰的气味，可是我却发现，尽管四周都是绿色的植物，但脚下仍然是柏油碎石小道。虽然我确信，任何与我境况不同的人（我一定处于某种境况，虽然我也说不上来是哪种）只要经过海德花园，都会觉得它很美丽。但我只觉得不安，甚至沮丧。我发现在喧嚷的伦敦市中心——楼房密密麻麻，还有摩天大楼、办公室和铁路干线，它们都争相抢占主导地位——只有这里的人工湖、柏油路、鸽子和广阔的空地给人宁静。

我会晚点到家——这个假想中四处游荡的我——但仍会及时把手提箱藏好。箱子太重了，我不明白自己之前是怎么把它拎起来的。我会把手提箱塞回巨大无比的衣橱里，在听到比阿特丽丝——我的未婚妻——拧钥匙开锁之前，我会洗好手和脸，梳好头发。

"嘿，亲爱的，"她会问，"你出去了吗？"

"就去了趟英佰瑞超市。"我会这样回答。

"买了什么做晚餐吗？"

"没有，"我会跟她说，"抱歉，我忘了。我当时在找山羊奶酪，但找不到我喜欢的。"

"你每次都找不到喜欢的。"比阿特丽丝会这么说，显然生气了。为什么我就不能振作起来记得买晚餐需要的食品呢？毕竟我整天都闲着，而她却一直忙于工作。我没有告诉她我感觉自己很不对劲——我的头很痛，胸很痛，肠胃也痛，我正在被疾病折磨，我不知道是什么病，但是真的备受煎熬。我没有再跟她提起，我的爷爷奶奶曾在小岛上经营一家乳品店，爷爷在那个小岛上长大，岛上的山羊只吃他牧场上的草，而我奶奶则在奶酪里加入一点她的小叔子从海边弄来的海草。所以我在这儿才找不到喜欢的奶酪，我永远也不会找到，但我还是会继续寻找。我当然不会告诉她手提箱的事，也不会提起机场或火车上旋转的指南针的事。

我通常会告诉比阿特丽丝自己每天都在找工作。她总是说不着急，她挣的钱目前完全够我们两人用，但我还是想尽一份力。每当我跟她说起这些，她都会认真又体谅地点头。比阿特丽丝总是有意识地努力做个好人。不是说她本性不好，只是她总是在这方面非常刻意地努力，不知道你们懂我的意思吗？

"当然了，"只要告诉她我也想开始工作，她就会这么对我说，"我当然理解你的心情。"

所以我告诉她自己正在找工作，这并不算说谎，而更像是没把话说完而已。因为我无非是整天在街道上走来走去，将一些隔日面包投向海德公园的鸽子，看着窗外，或者捡传单看——

定格动画：

温德尔·布朗的《21世纪舞蹈漫游》

别让大资本家得逞：让银行家付钱

空间内外：摄影新思维

招清洁工：工作认真、守时、仔细，每小时8.50英镑，

详情请致电0784965263！

——我所做的其实跟找工作一个性质，只是说不出具体是什么，如果你能理解我说什么的话。仿佛我正在这座城市

寻找某样东西，但不确定自己究竟在找什么。我想只要我看到了就会知道，不过大多数人可能都有一种寻寻觅觅的感觉，即使是陷入歧途的人也一样，否则他们根本不会想这些问题。

所以今天我还是做了我往常做的事情，沿着泰晤士河漫步，穿过格林公园，最后来到了皮卡迪利大门旁的报摊。我还是很惊讶，伦敦的报摊实在太少了，如今就连仅存的那些报摊也不得不靠卖酒来维持生意。不管怎样，早上我经常光顾的那个摊贩绝对见多识广，因为他卖的报纸有关于世界各地的新闻。我拿起一份《爱尔兰时报》，放在他面前的柜台上，然后说："我就要这个，谢谢。"（为什么我每次买东西之前都必须要说我就要"这个"，或"这些"呢？）在那一刻，我感觉自己就像在家一样。

"丹，"报摊的摊主喊道，他那么清楚我的名字，而我却记不起他的名字，这有些尴尬，"过得怎么样？"

他每天早上都这么问我，尽管离我上次见到他才只过了差不多二十四小时——有时甚至都不到二十四小时，因为我偶尔会在晚上回家时拐到他的报摊打声招呼。

"还不错。"我回答道，一边摸索口袋找现金。

"还不错？"他大声说道，"今天那么美好，而你只是过得还不错？"

我咧嘴一笑，找到一张五英镑的钞票，递给了他。

"《爱尔兰时报》，"他一边数钱一边说道，接着又说，"我爱爱尔兰。"这至少是他第七十八次这样说了，数一数我在伦敦待过的日子，然后减去我找到他的报摊之前的天数，再减去比阿特丽丝在家所以我不出门的那些星期天，还有少数几个他觉得没必要跟我说这些的日子，当然还要减去我生病的极少数日子，还有有时不知出于什么原因我感到特别难过而完全不想读报的日子。

听起来好笑，但这位摊主确实让我想起了我的哥哥西亚兰。他比我大三岁，在都柏林做大学教师。他们俩长得并没那么像，其实他看上去完全不一样，因为西亚兰比他年轻几十岁，但是这位摊主的行为举止和他营造出的氛围每次都让我想到哥哥。也许是因为他的下巴，也可能是因为他说话时总是像我哥哥那样动眉毛。这种感觉总是一闪而过，却让我感觉自己仿佛回到了记忆中的那个夏天，那时我刚刚考完大学预科考试。我去西亚兰所在的大学见了他一面，在他刚去大学一年左右的时候，当时天在下雨，我们站在奥康奈尔街上，他大口吃着赛百味，跟我聊着课上一个女孩的趣事，聊着聊着，747号巴士从我们身后的水洼上呼啸而过。

"我爱爱尔兰。"摊主又说了一遍。鉴于他某些早上会说不止一遍，于是我把脑海中的计数增到了八十六，但接着他说："我儿子在那儿，"就在今天，他第一次跟我说这些，"他在都柏林。他真的是个好孩子。能照顾他是我的福气。"

"我确信他们很棒。"我对他说道，尽管我不得不承认，自己并没怎么在听，因为我又想到了山羊奶酪，而且我大部分心思还停留在我哥哥身上——并不是我们上学那会儿的样子，而是去年圣诞节他和母亲在厨房的画面，当时他喝着茶，脸色苍白，承诺说春季会多回家看看，以便给父亲帮忙。西亚兰把手伸过桌子握住母亲的手，告诉她自己住得不远，回家也不麻烦，坐会儿火车就到了，而且如果他哪天早上不需要授课的话，工作日他也能回家。

"我真的很想他，"摊主说，"不过他还年轻，应该跟你差不多大，像你们这样的年轻人总想看看外面的世界，对吗？探索新世界，去不同的地方生活。但他是个好孩子，等他看够了外面的世界，就会回到我身边安定下来。"

"等他看够了外面的世界，就会回到我身边。"仿佛他们亲密无间，根本不担心其中一人会独自离开；仿佛他们能活到永恒。他把零钱递给了我，我随手放进了外套的口袋里，之后我可能很难再找到这些零钱，因为一些小点的硬币可能会从口袋里的小洞掉进衣服内衬里。这么多年来，这件外套内衬里肯定攒了很多零钱：欧元、英镑、美元，甚至有我们全家在斯德哥尔摩度假时用的一些瑞典克朗，那是很久以前的事了，当时外套还是新的。真不可思议，我现在身上的磁力竟然没了。不过也许我是有磁力的。也许因为我的磁力、我内心的一团乱麻，还有口袋里面的洞，最终手提箱里的指南针会失灵。我拿起《爱尔兰时报》，浏览了一遍他报摊前堆满的各式报纸的标题……

《欧盟条约》第 50 条启动一年来：脱欧不会暂停

控制气候变化时日不足十年

50 只狒狒逃离，巴黎动物园暂时歇业

"再见，丹，"摊主说，"照顾好自己。"

奇怪，这是我在伦敦第一次有一种莫名的感觉。不管他是否出自真心，反正听起来他是认真的，而不仅仅是说句客套话。

我非常想握住他的手，并问他："你有没有过一种非常崩溃的感觉？仿佛整个世界都在分裂，分成了许多卫星？而所有分裂的部分都不愿相互合作，甚至不愿意聚在一起？"

但我开口说的却是："你有没有过一种感觉，自己完全身处一个错误的地方？"

他看着我，觉得我的话有些好笑，但他没笑，也没做出其他反应。他似乎在思考这个问题。

"没有过，"他最终说道，"假如我真有那种感觉，我是不会在那个地方待很长时间的。"

"因为我一直在想，"我继续说，"我一直假装自己是个伦敦人，现在是不是该别再装了。"

"你为什么说自己在假装？"他问道。

"我其实……我也不知道。我觉得疼，就是这里，而且我很费劲才能看清东西。"

"听着，兄弟，也许你该去看医生。"

"我没事，"我告诉他，"只是今天很不好过。"

其实过去的两百一十四天都不好过。

"你会没事的，"他跟我说，"一切都会好起来的，别忘了，春天马上就要来了。"

我跟他点头告别，然后沿着皮卡迪利大街散步，虽然现在还是冬天，但我抬头看到树枝已经冒出了一些新芽，而阳光有种别样的温暖。我用手臂夹紧报纸，穿过马路，避开涌向地铁站的人群，这一刻我明显感觉心情轻快。置身于人群里，我没那么心烦意乱，反而觉得更加自在。

可是，我刚开始感觉好一些，怪事就发生了。至少我觉得发生了。我也不完全确定，因为这种感觉十分异样，它一闪而过，等我意识到的时候，一切又似乎恢复了正常。当然我也是第一次放松警惕——我之前从未想过会突然发生这样的事——我意外地看到了新芽，并因此陷入对季节更替和时间流逝的思考。但我清晰感觉到了身体的异常。要是身体明显出现了问题，人是能够感觉到的。我的胸部中央疼痛难耐，随后疼痛蔓延到左臂和左手腕……我突然闻到一股木头烧着的味道，可是附近似乎也没有什么东西在燃烧；我感觉雨滴打在了我的脸上，可是天空却十分晴朗；我听到了轻微的海浪声，我的舌头尝到了海水的咸味……

我尽力不去想刚才的感觉，而是努力回想报摊摊主带给我的莫大的鼓舞，明天一定要问一问他的名字。也许我真该努力在伦敦认识更多朋友，而不是只跟比阿特丽丝的朋友们出门，因为你看，我只是跟摊主聊了几句，就感觉好多了。我大声哼着歌往海德公园走，在离开市场路过咖世家咖啡店时买了这袋隔日面包，我想着在这里休息一会儿，晒晒太阳，读读报纸，喂喂鸽子。

搬到伦敦前，我和比阿特丽丝在都柏林待了四年。在我看来，我俩非常般配，因为我们的生活十分相似。那时我有一份很喜欢的工作——至少我不讨厌这份工作，而且我们在那儿还有很多朋友。我们经常开怀大笑，我们没有成天只是睡觉，也没有认真思考未来的事，至少我从没思考过。我们总是很忙，总是觉得时间不够。在一个阳光明媚的星期六，在格雷夫顿大街附近逛街时，比阿特丽丝看到了一张海报，上面写着"工作努力、玩得尽兴、待人和蔼"。她非常喜欢这张海报，我们买下了它并把它贴在了餐桌上方。现在看来，这张海报展现出过去的生活是多么简单，那时候我们可以轻易设想美好的生活，也觉得能一直过好它。在那段日子里，我很少会去想其他的生活有什么好处，但现在看来，那只是当时我做的一种荒唐却愉悦的白日梦。过去我的想象都是关于未来，而非过往。例如，我经常想如果每天我都拥有比之前多一点点的喘息时间，只需几分钟的闲暇时间，这期间我无须挣钱、无须做家务或招待朋友，那样的话我要学习跳舞或绘画，我甚至会写一本小说。

抱歉，我可能跑题了，但是我又很难判定什么是重要的。肯定有什么原因导致了我现在的处境，一定有什么原因。不然我怎么能知道自己究竟出了什么问题？我的身体肯定出了问题。因为就在我思考刚才描述的想法时——虽然我恐怕也不能说清楚自己的想法——就在我沿着小路给鸟儿喂食的时候，我又有了异样的感觉。这已经是第二次了，我真的开始担心了。现在坐在这里跟你说这些，我确实能察觉自己身体有异样，先是我的胸部中央有异样，接着这种感觉沿着我的手臂传到手指，然后又继续传到我的双腿和脚尖。此时此刻，我努力压抑着这种感觉，就像人们压制打哈欠或呕吐的冲动一样。也许没这么严重；也许根本什么事都没有。如果去看医生的话，我都不知道自己能不能描述清楚症状，但我仍然无法摆脱这种怪异的感觉，仿佛我的身体缺了筋肉，支撑不住了。随后，我又莫名闻到了篝火、海水和雨水的气味……这一切都似乎不太合理，所以我既担心又窘迫。

也许在未来某一天我一觉醒来，发觉自己竟然坚决不想离开比阿特丽丝和伦敦，那时的我穿着一件干净利落的白衬衫，脚蹬新擦过的鞋子，拎起手提箱——能拎得起来，因为它会变得轻如羽毛，迈着大步走到海德公园的湖边——就是现在我们面前这个湖，然后把手提箱甩到最高点之后松手，让箱子冲向天空。手提箱会在空中飞一会儿，向上投掷的作用力会不断减弱，箱子本身的重力会占据上风，然后它就会掉进湖里。在那一刻，在箱子悬浮在空中的那一刻，书的封面会飘然翻开，不同种类的纸币会从信封中滑出，混杂在一起，钥匙会叮当作响，而我今天早上放进箱子里的指南针将不再受外套内衬里硬币磁场的影响，不再狂乱摆动，最终指向正确的方向。而且我想，或者说我本能地感觉，一旦指南针指向了正北，我和手提箱之间的联系就会中断。封锁和隐藏在我内心深处的某种东西会得到释放，我的生活会变得焕然一新、不再复杂。随后，手提箱会掉入水里，惊散水面上的鸭群，而我会一直看着它沉入湖心。

当然，那时的我，那个身穿干净利落的衬衫、脚蹬漂亮鞋子而且头脑清醒的我，会振作起来去找一份工作，一份有用的、普通的工作，也许是在有落地窗和橡胶植物的办公室里谋个职位，我最终会接受自己有幸被赐予的生活，最终填补似乎只有我才能填补的那块世界空白，这块空白看起来正适合我在这个世界的维度，尽管我自己也不记得是否曾经有过这样的要求。那个我将不再有任何质疑，不再后退，不再试图与生活的潮流争斗。那时的我会一年回家看望家人三次，且从不抱怨次数太少。事实上，我甚至想不起来要回去，而且我肯定也不会再不知不觉地称那里为"家"。我会带着比阿特丽丝去看望我的父母，基洛格林的每个人都会非常乐意见到我们两人。而且尽管我看到父亲身体状况愈发糟糕肯定会很难过，但我会卸下防备，不再摆出一副轻蔑的表情，自己不会再对一些事情完全摇摆不定、看不到希望，也不会像现在这样感到快要崩溃。因为那时的我会成为一个有能力、可靠的人：那种可以在派对上自信地跟陌生人讲述自己故事的人。最后可怜的比阿特丽丝会为我感到骄傲。

我经常回想我和比阿特丽丝是怎么认识的，那时我们都在上大学，在邓莱里一所大房子里举办的派对上相遇。我不知道是谁举办的派对，我是被我哥西亚兰带过去的，我记得我之前提起过他吧？在我看来，比阿特丽丝在那些日子里非常不同，她随和而又十分放松，她能把红酒泼在裙子上还大笑。那时她的头发比现在要长，她正在攻读人类学学位，我想她英国人的特征对我来说充满了异域风情。我们在餐桌旁交谈，毕竟我们是在邓莱里，派对上有各种各样的小吃，场地中央摆着干酪切板。等我回过神的时候，我发现自己正跟她讲爷爷和奶牛场，讲他的山羊还有他手拿海藻的弟弟，然后我又跟她讲，爷爷奶奶每次来拜访我们都会带很多干酪，我们每餐都吃，能吃上好几天，我还告诉她，我们总是嘲笑父亲笑得太腼腆，很明显有这么一个值得父母来访的大家庭，他为此感到骄傲。我不知道……我非常清楚我所讲的听上去很可笑，甚至荒唐，因为干酪可一点都不浪漫，起码通常情况下是不浪漫的，但是和比阿特丽丝坐在那儿的时候，我确信那一刻我只想和她分享那些事——抹在苏打面包上的山羊奶酪，那种近似于家的味道。

几年能带来多少改变，想想就觉得有趣。甚至想想几个月、几周或者两百十四天能带来多少变化——或者说两百十四天加半天，如果算上今天的话。你是否曾有过这种感觉，时间流逝，但它却不总是裹挟着你向前？我总是想，爸爸一定是这么觉得的，因为他已经开始忘事了。尤其是最近发生在他身上的那些事，感觉除他之外的每个人都度过了几周，我们都过得很快，走得很远，而他困在那里，成为一个静止的点。

但是我得说，我觉得事情在变糟，我的手臂一直都不对劲。我现在就有非常强烈的感觉，而且……而且这种感觉还会向四周扩散，我想，应该是胸肌那里不对劲。好吧，说实话，我很担心，真的很担心。要是我真生病了怎么办？要是我不小心吃错了什么东西怎么办？要是生活真出了乱子，为什么就没有一套可行的应对方案呢？为什么没有解决我这些乱子的方案？烧伤，没关系；脑膜炎，脑震荡，心脏病……

我并不想得这些病，只是遇到任何上述情况我们都有可行的治疗方法，不是吗？你可以采取一系列正确的措施，任何情况下这些措施都绝对可行，并能够助你恢复健康。但是，如果没有确定的诊断结果，那怎么办呢？你明白吗？要是不知道自己到底出了什么问题，我根本不可能找到解药或治疗方案，也不可能从自身的困境，从这些痛苦的思绪和折磨中逃离出去，也无法摆脱这种状况，摆脱胸口的疼痛。你在认真听吧？你真的明白我的意思吗？

*

利安娜咬了口披萨嚼了起来，她看着一只鸭子掠过蛇纹岩停在水面上，将羽毛和翅膀利落地收在身体下方，准备开始游水。空气，水，鸭子。丹尼尔的话悬浮在他们两个头顶上方，绕着长椅打了会儿圈。然后她用夹克的袖子擦了擦嘴。

"她叫什么来着？比阿特丽丝？她在哪？"利安娜问道。

"我想她现在正在工作，"丹尼尔看了看手表说道，"她会在八九点左右回家。她工作的地方离我们的公寓不远，但她会工作到很晚。有时她会去健身房，她真的很努力。"

"但你真的够爱她吗？"

"什么？"

"很简单的问题啊。"利安娜又咬了口披萨，她左右晃了晃脑袋，伸展了下脖子。丹尼尔说话的时候，她一直靠在长椅上，脖子都僵了。

"你爱她吗？"她问。

"你第一次可不是这么问的。"他回答道。

"什么？"

"你第一次问的是——你真的够爱她吗？"

"也没差多少，不是吗？"

"我不那么认为，我认为差很多。"

"好吧，你有答案吗？"

"哪个问题的答案？"

"哦，别那么较真了吧。"

"不行，它们真的是两个完全不同的问题。"

"好吧，那就回答'你真的够爱她吗？'这个问题吧。"

"我……我不知道。这是非常私人的问题。而且，你嘴里全是食物还说话，这样很不礼貌。"

利安娜叹了口气说："你是想让我帮你的，对吧？"

"我是想让人帮我。"

"所以……"利安娜又动了动脖子。

"我是说，我想让人帮我，但是显然那人要有智慧，"丹尼尔说道，"不能是判断力不好的人，也不能是明显有心理问题的人。"

利安娜看了他一眼。"好吧，我想说的是，我想说整个过程中你很少谈起比阿特丽丝，这很奇怪。"

"我提到过比阿特丽丝。"

"但是你说得根本不像你们马上就要结婚。"

"不，我说起过她。但目前我的问题不在于她，或者说并不全部在于她。我担心的不是她。"

"你为什么要向她求婚呢？"

"我并没有。"

"没有？"

"不，我的意思是，是她要我娶她。我不能向她求婚，因为我既没钱也没工作。"

"你认真的？"

"我当然是认真的。"

"不，我的意思是，你真的是因为这些理由才没向她求婚的吗？现在都二十一世纪了，丹尼尔。这些事当然已经不重要了。"

"其实，她也这么看，她还规划好了一切——所有的家具，还有足够买下一套公寓的积蓄。而我却……我却不能……"丹尼尔停了下来，揉了揉胸口和手臂，然后按摩了一下手腕上的肌肉，"总之，钱和工作都重要。如果你说不重要，那你就是在故作天真。"

利安娜吃惊地说道："天哪，你的想法真够独特。"

"什么？才不是！我只是，我只是在说明而已，或者是想要说明……"

"所以，是她要你娶她的？"

"对，我刚才就是这么说的。"

"然后你答应了。"

"当然。"

"那你为什么要答应呢，丹尼尔？"

"请不要继续逼问我了。我觉得这让我的手臂更加不对劲了。"

"我在努力帮你。"

"但你没有，你没有帮到我。"

"丹尼尔，我其实没必要管你。我甚至都不认识你。"

丹尼尔转身面向她说道："你为什么那样看我？"

"我只是正常地看着你而已。"

"不，你在生气，我能感觉出来。"

"我没有，"利安娜说，"我没生气。"

"对不起，我惹你生气了。"

"你没有。"

"不，我有。"

"别和我争论了。只有我知道你有没有惹我生气。"

他没回答，他们就这样安静地坐了一会儿，看着鸽子在他们脚边啄食。利安娜看了看表，然后把皱巴巴的披萨包装纸扔过丹尼尔的头顶，正好扔进了他身旁的垃圾桶里。

"好了，"她说，"我得回去工作了。"

"你有工作？"

"我当然有工作。不然你以为我只会整天坐在公园长椅上听怪人讲故事吗？"

"这座城市里的每个人都有工作。"

"大部分人吧。"她说。

小路边上，一些水仙花早早地露出了嫩芽，利安娜盯着这些新芽，仿佛它们能给谈话带来新的思路。

"但你就不工作。"她说。

"对。"丹尼尔说。

利安娜还在盯着水仙花看，然后又看了看表，打了个哈欠，揉了揉眼睛。

"你在附近工作吗？离这里近吗？"丹尼尔问道。

"是的，就在那边。"利安娜指着一栋楼说。

"但那里是……"

"圣玛丽医院。"

"你才不在那儿工作呢。"

“为什么？”

“你看起来一点也不像个医生。”

“我是名护士。”

“你也完全不像个护士。”

“为什么？护士该是什么样的？”

“我不知道，我只是觉得你举止有些粗鲁，让我完全联想不到护士身上去。”

“你没在开玩笑吧？”

“是你问我的。是你问我到底想说什么。你必须意识到自己的粗鲁，毕竟礼貌这事需要慢慢培养。除非你天生就这样，但又不想伪装或加以收敛。但我可不相信你没意识到自己带给人这种印象。毕竟你看起来可不傻。”

“上帝啊，我可没时间跟你讨论这个。”利安娜身体往前倾，从长椅起身，“我只是停下来问问你感觉还好吗，因为你看起来像是喝得烂醉。我可不想听别人贬损我的人格。”

“不，”丹尼尔说，“等等，对不起。我不是故意的，我也不想这样。我只是感觉很糟糕，好像我体内有什么东西在分崩离析，好像我整个人都要溶解掉了，真的……很难熬。"

利安娜叹了口气，似乎要作出某种决定，然后她转身面对他。"哪里？"她说，"你到底哪里痛？"

"什么？现在吗？"

"是的，现在。"

"我说不清。感觉哪儿都疼。"

"说不清具体位置吗？"

"是的，我也不知道。我说不上来。"

"好吧。"利安娜揉了揉眼睛，把手插进外套口袋，然后站了起来。天气还不够暖和，不适合在室外坐这么久，而且她今天已经站着工作了八个小时。她的骨头疼。她打了个哈欠，然后走开了，准备回去开始下午的工作。她认为应该就这么离开丹尼尔，但她还是说了一句："我认为你需要的并不是医生，搞清楚你到底爱不爱她，这就是我的建议。"

"等等！"他又对着她的背影喊道。

利安娜起初并没停下脚步，但后来她停了下来。

"怎么了？"她转身说道，手还插在口袋里。他会害她工作迟到的，她觉得自己真傻，因为她本来不必停下来跟丹尼尔这样的人交谈的，但现在却陷入麻烦。丹尼尔非常自我，本质上又惹人讨厌，但是似乎他是真的有些……不对劲。她作为护士的第六感对此有很强烈的感觉。他一直明确暗示自己身体出了问题，但并不是这样。她之前见过他这样的人：聪明反被聪明误，跟她说一些模糊的假想症状，以此博取同情、认可和关注。但即便如此，他肯定有什么地方出了问题。

但是她离开医院太久了。她本不该离开的，她得去各个病房查房，还要给玛雅洗头发。她一回去还要给道格拉斯检查身体，接紧急电话，给病床更换床单，天知道还有什么其他事情要做。她就不应该出来。她盯着丹尼尔，思考着自己这种大错特错的感觉，盘算着再待一会儿是不是值得。

"你结婚了吗？"他突然没头脑地问了一句，打断了她的思绪。

"什么？"

"请告诉我，我想知道。"

"你是认真的？"

"是啊，为什么不呢？我是认真的。"

她又看了看手表，还剩八分钟，她就必须得回去了。她心里想要不直接走吧，但是他的表情看起来十分诚恳。

"没有，丹尼尔，我没结婚。"她告诉他。

"为什么不结婚呢？"他说。

一个陌生人竟然问这种问题。

突然有那么一瞬间，一切都如他之前描述的那样——时间向前流逝，但是她还在原地。他们两人都在原地。

公园附近传来了警笛声。一个刚学会走路的孩子在鸽群中间蹒跚学步。一个冰激凌小贩突然大笑起来，有人在他们买中份的薄荷巧克力碎蛋筒冰激凌时讲了好笑的事。成千上万的伦敦人在他们所在的这座城市走路、停下、奔跑、跳舞和亲吻。利安娜在思考。一开始她想说些俏皮话，但是丹尼尔看起来真的渴望得到答案，所以她也不忍心胡扯了。于是她把视线再次移到那片水仙花嫩芽上，同时回想往事。她记起那个带她去巴黎的男人，他在回家的火车上跟她求了婚。她记起大学时的男友，他总会拿着花突然出现在她公寓门口，后来他去了法学院，然后一切就结束了。她想起那个很会纸上谈兵的男人，尽管他们之间根本没有什么共同话题，却在一起整整两年。她还记起母亲，在她二十一岁生日的早晨，她把祖母的订婚戒指作为礼物送给了自己。忽然一阵微风拂来，她颤了颤，一只麻雀在海德公园唱起了歌。

"为什么不结婚？"丹尼尔还是想知道。

"因为，"她说，"因为说实话，我可能真的很任性，谁知道呢，我可能真的，真的很任性……但是这真的是任性吗？我仍相信——"利安娜看向天空，仿佛天空的广阔能证明她的话是对的，"我仍然相信，也许某一天我会遇到某个人，某个……"她闭上眼睛，深吸了一口气，然后又睁开眼，"会说我是一片考古遗址。"她说。

"可你不是考古遗址。"丹尼尔皱着眉头说。

"别打断我，"利安娜说道，"他会说我是一片考古遗址，人们前来挖掘我的心，他们把我的心剖开，去看里面究竟有什么东西。他们会发现里面只有他。只有他在我的心里。我就是在等这么一个人。不知道我说明白了没有。"

"我不觉得这是任性。"

"好吧，也许不是吧。"

"我不知道自己心里有什么，"丹尼尔说，"如果那些考古学家挖掘我的心，我甚至不知道他们能不能找得到它。"

整个下午，他第一次看起来没那么难过了，他勉强露出微微的傻笑，脸变得明媚起来，也许是在笑心脏考古学家这一想法。利安娜发现自己也在朝他微笑，虽然是出于完全不同的原因。

"我就是觉得，"他说，"觉得我体内像是有什么东西缺失了，或是出了毛病……不一定是我的心脏，但一定是很重要的东西，它本应该在我身体中央，但却没有。所以我什么也不是，我哪儿也不在。"

他说话时，所有疯狂、焦虑的情绪似乎都消失了。她注意到他现在也在认真看她，这是自他们开始谈话以来的第一次。不知出于什么原因，她发现自己不知道该说些什么。

"你会好的，"她最后这么告诉他，虽然这话听上去很敷衍，语气又太过于肯定，"我老家也不在伦敦周边。第一年很难。但你得适应。"

"希望我能适应。"他说。

她点点头，想尽力让他安心，虽然有些不想留他一人在这儿，但她还是转过身，继续沿着小路往前走。

她绕湖走了一大半的时候才回头看，她停下来扫视湖对面那一排长椅。散步、慢跑、快走和午后闲逛的人在小径上熙熙攘攘，她努力从中找出丹尼尔。没错，他在那儿——那个远处的黑影。他正在摸索外套口袋，显然在找什么东西，时间一秒一秒流逝，他越来越急躁。他从外面拍打着口袋，把口袋内衬翻出来，握在拳头里捏来捏去，就像有什么东西藏在缝线里一样……接着，一群妈妈用大婴儿车推着她们的宝宝走过，她有一会儿被挡住了视线。她揉了揉自己疲惫的双眼，等着她们离开，这时她看到了一些不可能发生的事。一定是她离得太远了。午后的阳光太刺眼，让她看不清楚，要么就是她看错了长椅，或者两个原因都有。因为眼前的景象真的太不可能发生，尤其因为现在是三月，她头顶的树枝开始长出嫩芽。

但是眼前的景象还是那样：一大团秋叶，有各种颜色——金黄色、棕色、赤褐色、蜂蜜色、焦糖色还有冬青浆果红色，它们在长椅上方打着旋飞向云端，打旋的样子根本让人联想不到早春时节的微风。利安娜首先想到的是飓风，然后想到了沙尘暴，最后又想到了双螺旋。

三月的风猛烈地吹，吹得她脖子后面凉飕飕的，风粗暴地打破了树叶飞舞的形态，螺旋形状破裂，树叶分散开来。金色的、红色的以及黄褐色的树叶都被吹散了，它们被高高地吹向敞开的天空之窗。这片空旷的区域地处伦敦中心，周围挤满了高楼大厦，而此处公园上空却空旷无比。

树叶越飘越高，飞越了高楼，在冷热气流的吹拂下翩翩起舞。利安娜所处的地方太低，感受不到气流，地面上的空气是静止的。在她看来，每片树叶都像秋天火烈鸟的翅膀上脱落的一根细小、明亮的羽毛。

但是那儿仍然有个人，一个人坐在长椅上。也许丹尼尔在口袋里装了树叶。也许他一直在等她离开，然后再把大捧的树叶抛向空中。到头来，他似乎并没有那么古怪，只是有些焦虑和悲伤。而且话说回来，她看到的那个坐在长椅上的身影，那个在小湖另一边的身影真的是他吗？太多人了，他们沿着小路在长椅前跑来跑去，她不能确定。而且水面上的光线太明亮太耀眼了。从这里看，那个身影更像是一幅粗糙的铅笔素描，而不像一个真人。那个身影甚至像一个幽默的人晾在那里的外套、衬衫、裤子和鞋。也许她会再见到丹尼尔，也许到时她会问他树叶的事。

她会问："你当时捧着那些树叶干什么呢？"

"哦，树叶，"他会说，"真有趣，你居然会问起树叶，因为……"他会再次谈起自己的手提箱，或者说指南针和硬币的事，也许他会谈起居住在那片岛屿上的爷爷奶奶，还会说撒上了海藻的山羊干酪总让他想起家。

剪羊毛的时节

很久以前，有一个天赋异禀的十一岁男孩，名叫杰米。他喜欢火车、飞机和宇宙飞船，他想成为一名宇航员。可是，他住在湖区中部一个偏远的牧羊场，他的家人和邻居们都不知道怎样才能进入太空行业，甚至对外太空一无所知。

　　不过杰米的妈妈有一台电脑，那是一台老款台式机，运转的时候呼哧呼哧地响，网络总是连接不上，就放在她卧室的角落。但杰米每天都会在显示器前坐上好几小时，耐心地等待长时间的缓冲结束，再看他最爱的油管视频。他最爱的是六七十年代美国宇航局模糊不清的镜头：火箭发射成功、发射失败，卫星进入地球轨道……当然，还有登月的镜头。他一遍又一遍反复观看这些镜头，最后他甚至闭上眼睛就能表演出来，可以模仿视频音轨中出现的不同杂音和说话声。

"嘶嘶——收到，休斯敦。声音很大，很清楚！——嘶嘶。"他会用自己最擅长的美式鼻音自言自语地练习。

杰米的妈妈经常有房客，这些房客会待在牧羊场上。他们通常会在春天抵达，那时产羔期刚刚结束，第一批燕子也飞到了农场。杰米从不太注意这些流动的家庭成员，因为他总是忙着做功课、做家务或者看看油管上的视频。但是剪羊毛时节的某天下午，一个头发乱糟糟、骨瘦如柴的年轻人来到了农场，吸引了杰米的注意。他叫迈尔斯，带着推荐信和一些看起来很正式的文件，证明他正在攻读航空工程学的博士学位。杰米其实不懂他的话是什么意思，但知道机会来了。一天早上，他向迈尔斯介绍了自己。迈尔斯总是很晚才起床，那时他还在给吐司涂橘子酱。

迈尔斯盯着杰米，慢慢嚼着吐司，杰米向他解释说，他打算成为一名宇航员，但在此之前，他先要决定最适合自己的路径——是先去美国宇航局呢还是欧洲航天局，是接受训练驾驶航天飞船呢还是拓展其他领域专业知识的学习。杰米事先做了功课，所以说得很轻松，但事实上，他的心在怦怦乱跳。要是这个新来的房客能认为他是一个志同道合、有学习能力的人就好了。可是迈尔斯依然面无表情，令人困惑，杰米也不知道该怎么想。最后，迈尔斯吃完了最后一口吐司，把厚厚的眼镜框往鼻子上推了推，然后开始讲话。杰米非常肯定他有一点加州口音。

"当然，"迈尔斯说，"你想得不错，美国宇航局肯定有更多资金支持，可是，至少从国际关系角度来看，我认为欧洲航天局更有趣一些。"

杰米眨了眨眼，他在现实生活中从未听过别人这样讲话。

"当然，对你来说，欧洲航天局也更本土一些。"

他谈论着这些，仿佛这些地方是完全真实的——杰米当然知道它们真实存在——但是对迈尔斯而言，这些地方很平常，是他每天都会谈论和关注的。

"那你为什么来这儿呢？"杰米忍不住问他，"你本来可以和真正的科学家、真正的宇航员一起工作，也许是在沙漠或某个城市，甚至在夏威夷。你为什么要来这里呢？"

"我来这儿寻找安宁。"迈尔斯这么说。他擦掉指尖的面包屑，向后推了把椅子，然后去水槽边洗盘子。"你学了多少了？"他边冲肥皂泡边问，"如果你需要的话，也许我能帮你。"

迈尔斯说，首先杰米应该拿上素描板去另外一个房间，画一幅他认为看上去"欢快"的画。杰米不太明白这和航天有什么关系，不过他并没有对此提出质疑。他冲到客厅，削尖了他最好用的铅笔，并把所有的彩笔和蜡笔一排排摆在咖啡桌上，还拆开了土星形状的新橡皮擦。杰米吐着舌头，深思熟虑后，在素描板上画了一个奇怪的涡旋，涡旋中有星星、笑脸，还有彗星绕着涡旋飞行。涡旋里还有一些欢快的绵羊，它们四肢交叉站在星空里。他从早上一直画到下午，甚至连午饭都忘了吃，因为他拼命思考能体现"欢快"的具体事物。

画好之后，他拿给迈尔斯看。

迈尔斯只是点了点头。"我看到了，"他说，"但是你的画没有沙砾感——在特定角度的阳光下看时，那些粗糙而又充满沙砾感的阴影会体现出深深的层次感。你也没画出大片油墨感，通常在充满沙砾感的部分旁边会有这些——经它们反射，阳光就像彩虹斑一样。你怎么没画这些呢？是因为太难画了吗？我知道要表现这些元素很困难，因为全是光的反射。但是，想要了解太空，你必须得适应光线。你现在可能还不这么觉得，但这对航天工作至关重要。"

杰米很沮丧。他努力了，而且他确信自己已经尽了全力。毕竟，沃克老师在学校总是说："宝贝，你只要竭尽全力，那就很了不起了。"他看着迈尔斯盘腿坐在地板上，周围是一堆看起来很高深莫测的文件，杰米知道自己进入了一个全新的领域，与之前在沃克老师课上学到的截然不同。他忍住为画争辩的冲动，紧紧闭上了嘴巴。

"好好想想，"迈尔斯对他说，"想好了就给我画一幅'透视'图。不是让你用透视法画图，而是画一幅'透视'图。"

杰米决定这次要好好画，他把铅笔和素描板放在那儿，径直走回房间坐下，然后仔细思考自己怎么就没画出"欢快"中覆有沙砾和反光的部分呢。当杰米妈妈大声宣布晚餐准备好了的时候，他想自己也许理解迈尔斯的意思了，就算没理解，至少他也花了相当长的时间努力思考。

那天的晚餐做了他最喜欢的菜：笑脸土豆饼、炸鱼条和豌豆。但是他无法安心享用美食，因为他一直在想之前发生的怪事，那时他妈妈还在农场上照顾羊。妈妈说的每句话他都没专心听，她坐在他对面，唠叨着每只新羊羔的情况，说要剪完整个农场的羊毛总是很耗时，还问杰米觉不觉得迈尔斯很快就会过来，因为她可不想再大声喊人吃饭了，可是再不快点，迈尔斯的鱼条就要凉了。迈尔斯吃得习惯吗？他似乎总是错过吃饭时间，她忍不住有点担心。说到迈尔斯，看到他们相处融洽可真好，但是杰米明天能不能抽出些时间到农场帮忙剪羊毛？

  杰米迫不及待地想离开去画"透视"图。他狼吞虎咽吃完了饭，大部分豌豆都剩下了。他抓起素描板和铅笔，然后以最快速度冲上楼，回到他安静的房间。他砰地关上门，喘了会儿气，然后挑出自己削得最尖、最好看的一支铅笔，又拿出一张白纸。这次，他努力思考了要画的所有细节——光明与黑暗、粗糙与平滑——最后，他不得不从素描本上撕下两张 A3 纸，然后从背面把它们粘在一起。只有这样，他才能拥有一张足够大的画布，因为他确实需要一张很大的画纸来把想法画出来。

这幅画布局看起来比"欢快"那张稀疏很多。"透视"画的是一个在失重状态下漂浮的太空垃圾，一个小小的宇航员坐在它的上面，他戴着头盔，显然在回望地球。地球位于画右边的小角落里，看上去就是一颗小水球。杰米这次很小心，他没在垃圾和地球之间画过多光线和彗星。他的确想到了行星之间清冷的空白地带，并集中精力描绘那种寒冷空虚的感觉，他用手头的各种铅笔在这片没有光线的区域涂抹出微妙之处。

终于，大概凌晨五点的时候，他觉得自己已经画出了最高水平，于是一头倒在床上休息了几个小时。

＊

他醒得很晚，差不多九点了，但当他慌忙冲进楼下厨房的时候，迈尔斯正在倒咖啡，看起来是他早上的第一杯咖啡。

"我画好了！"杰米说，迈尔斯朝他眨了眨眼，透过眼镜看着杰米，就像猫头鹰一样。"我画完了'透视'图！"

听了这话，迈尔斯似乎立刻醒了，他放下咖啡，和杰米一起大步走去看画。

可是，当他们到那儿的时候，迈尔斯只是站在画前面，眉头紧锁。他仍然一言不发，也不给一丁点意见，他眯着眼睛，脑袋左歪右歪，好像是在从不同的角度检查这幅画。这对杰米来说太煎熬了，他专注画画好几个小时，又没怎么睡觉，现在只想要一个拥抱，想让人轻拍自己的后背。他想跺脚冲迈尔斯大吼："现在就告诉我，我有成为宇航员的潜质吗？"但是，他感觉还是让迈尔斯看完比较好，所以他克制自己，耐心等待。迈尔斯不再歪头，他发出了一串串庄重的"唔……"这里面肯定蕴含着什么意思。

"画中故事太多了。"他最后说道，"你已经有了基本想法，这没错，但是故事太多了。你不需要叙述，因为故事反而掩盖了所有的'透视'——一个宇航员远离家园的故事。我不是让你叙述那个故事，我只想要你画出'透视'感。"

杰米非常沮丧。他冲进浴室，又累又疲惫，把自己锁在里面闹了场脾气，又大哭一场。

过了一会儿，他感觉好些了。他洗了把脸，然后去厨房喝水。迈尔斯在等他，还准备了一壶刚泡好的薄荷茶。

"如果我对'透视'图的反馈让你不开心了的话，那我很抱歉。"迈尔斯这么说，然后递给杰米茶杯和茶碟，他非常确定杰米会接过去。"我有时候会误判自己给别人留下的印象。目前为止，你的画都很出色，我只是指出我认为可以改进的地方。"

杰米没说什么，接过了薄荷茶，虽然他通常从不喝这种大人才喝的饮料。他吹了吹茶水，想知道迈尔斯是不是又在给他上课。

"还有一件事我想让你试试，"迈尔斯说，他抿了口滚烫的茶水，眉头不皱一下，"这样我们就能知道你有没有理解太空的能力了。"

听到迈尔斯说自己的画"出色"，杰米来了精神，他问迈尔斯最后一件事是什么。

"我想让你给我画一幅'未知'。"迈尔斯说。

"未知?"杰米问道。

"就是未知。"迈尔斯肯定地说。

"但是我怎么能……"杰米问。

"不，"迈尔斯不容置疑地举起手，打断了他的话，"我不能告诉你，自己想想吧，想想你学到的东西。"

这不该是他最后一项挑战，绝对不可能是，因为完全没道理。但是很明显，谈话已经结束了。杰米该离开了，而他也确实这么做了，但是他走到门那儿的时候意识到这不公平。厨房是他家的，他凭什么被人要求走开？

可是，迈尔斯说了"这样我们就能知道你有没有理解太空的能力了"。他是这么说的吧？尽管之前不顺利，杰米还是非常想知道答案，这种念头压过了其他所有念头。要是他真的有理解太空的能力，那会怎样呢？也许迈尔斯会把杰米介绍给他所有航天工程领域的朋友，他们会聚在一起，给杰米准备生日惊喜，还会让他参加一个美国宇航局秘密快速通道培训项目，这个项目是为年轻宇航员准备的，在那里他会遇到许多从纽约、香港和东京等地方来的孩子，这些孩子甚至都没听说过牧羊场，他们会成为好朋友，一起训练，一起执行任务，甚至登上月球。而且抛开这些想法——无关他的愿望、梦想和抱负——迈尔斯和杰米之前遇见过的任何人都不同，杰米不想让他失望。因为迈尔斯……该怎么形容呢？

睿智。对，就是这种感觉。如果杰米要画一幅有关"睿智"的画，那他就会画迈尔斯。

但是他要画的不是"睿智"，他要画"未知"，谁知道该怎么下笔呢？他冥思苦想，最后太阳升过了山头，热辣辣的阳光透过窗户照进来。这时候楼下厨房的钟报时十二点，杰米一下子来了灵感。他坐在储物间里，画架上放着一张白纸，还有一盒削尖的铅笔。他仔细检查了每样东西是否备齐，并且弄清了每样东西的位置，然后把自己关进了漆黑的储物间里。

杰米在黑暗的储物间里画了整整五个小时。起初他担心眼睛会不适应，但是储物间里面非常暗，他周围都是叠好的被单，他觉得软软的，又有点闷热。

画画的时候，他保持了一种平衡，在脑海中同时浮现"未知"的所有矛盾元素。这个主题太宽泛了，因为是未知的，所以不可能画错，而且"未知"能带来很多希望，让每个人都认为不可能的事成为可能。当然，"未知"也让他妈妈倍受困扰。她每天听好几次天气预报，每一次，在天气播报员播报天气详情之前，她都是一副担心的神情，这也是

"未知"的一种。还有，在迈尔斯告诉他下一步该画什么或者对他的某幅画有什么看法之前，他也有"未知"的感觉。还有迈尔斯那双古怪而空洞的眼睛也让人有"未知"的感觉。现在杰米开始思考，"未知"和他迄今为止的生活是多么不同。也许"未知"能提供一条逃生路线，让他逃离一年四季重复不变的生活，逃离四面八方都是绵羊的环境。

不过杰米小心翼翼，不让任何一个想法占据主导地位。他努力让自己只想可能性和不确定性，他只想象未知的无限模糊性，因为一旦想得太多太具体时，它就不是"未知"了。他只让自己一直记得从眼角看东西的感觉。整个过程他都贯彻了这一原则——绝不直接思考作品主题，而是把"未知"置于脑海角落。

当他感觉自己好像画完了的时候，他打开储物间的门，让光打进来，他看了几眼画布，对看到的画很满意。

他去找迈尔斯。

迈尔斯坐在房间的书桌旁，用各种各样的东西搭建模型：一包书钉，几条绳子，还有个东西看上去像一盒卡片的四分之一，一个燃了一半的茶灯……杰米站在楼梯口看了他一会儿，这才敲了敲敞开的门。

"什么事？"迈尔斯问，他没有抬头，仍然专注于搭建模型。

"我画完了。"杰米对他说。

迈尔斯正尝试在突出的尺子边缘垂直立一根铅笔。他失败了，整个模型轰然倒塌。他摘下眼镜揉揉眼，之后又把眼镜戴上，然后他看向杰米。

"不可能。"迈尔斯说。

"好吧，反正我画完了。"杰米跟他说。

杰米带迈尔斯去看"未知"。

以杰米对迈尔斯的一点了解，他觉得迈尔斯从不会心烦意乱或兴奋，但是他们走路的时候，杰米意识到，这绝对是迈尔斯第一次跟着自己去什么地方，之前一直都是杰米跟在迈尔斯身后走。

当他们走到储物间前，杰米打开门，像个老派的仆人那样为迈尔斯扶着门。迈尔斯走了进去，欣赏着画，杰米站在走廊看着。

"未知。"迈尔斯吸了口气。

"我跟你说过了。"杰米说道，但是迈尔斯并没有在听。

迈尔斯盯着眼前画架上的画，他吸了口气，在杰米听来，那是深深地松了一口气。他的脸上露出隐约的浅笑，然后他走向画，伸开双臂仿佛要沉浸其中，或者拥抱它。

"太美了。"他赞叹道，然后他整个人离开了地球，径直走进了杰米的画里面。

画作非常干净，几乎没什么杂乱之处，只是画架周围一眼看上去有些无序，还有一种声响让杰米联想到富含矿物质的闪亮的岩石碎片从黑砂纸上倾泻下来。看到这幅画，你会以为人们每天都离开储物间，走进铅笔画里。

迈尔斯离开后的几分钟里，杰米去看他的画。它看上去几乎没有变化，但是如果非常仔细看的话，他确定自己能看到一些迈尔斯的痕迹，呈碎片状在视觉涡旋中闪动——这儿能看到几缕凌乱的头发，那儿看得到眼镜框的一角，一根鞋带，一颗牙齿的亮光。杰米挨个看了那些东西，不确定自己这样做是否合乎道德。

"谢谢你。"他感觉自己听到那些碎片在呼吸。

过了一会儿，他关上储物间的门，去剪羊毛的棚子找他母亲。下午剩余的时间里，他都帮着妈妈一起剪羊毛。天黑的时候，他们俩走进厨房，一起做热巧克力。他们把巧克力块融化成液体，然后把它加进牛奶里。

杰米的妈妈问迈尔斯在不在，问她需不需要做晚饭，杰米担心——虽然整个下午他都在尽力让自己别担心——她会发现发生了什么，还有他做的所有事。所以他大笑了起来，好像没什么不对劲的样子，他告诉她今晚不用做饭了，因为迈尔斯已经走了，去了"未知"。他一部分心思想着要是妈妈问起"未知"的意思，甚至问他对此有何想法的话，他该说些什么。可是，杰米的妈妈似乎没有这个疑问，她只是叹了口气，揉了揉眼睛，然后说肚子饿了。于是他们站在炉边，用柠檬和糖做煎饼，她打开收音机收听天气预报，他们边吃边听，房间里充斥着关于低压和大雨即将来临的讨论。晚些时候，妈妈在炉火旁缝补衣物，杰米给她读报纸上的故事。那一刻，这种对一切事物的熟悉感让杰米感到非常舒服和谦卑，就好像迈尔斯根本没有来过农场一样。

十点钟的时候，杰米的妈妈已经上床睡觉了，而杰米还不累。他坐起身来，往炉火里扔些木头，最后他终于忍不住了，于是又回到储物间去看他那幅不可思议的画。在楼梯口的灯光下再次看到那幅画，他知道这天下午发生的一切都真真切切。

他走进储物间，盯着那幅画。他想知道，如果自己能像迈尔斯一样敞开心扉，张开双臂，朝着它走去，会发生什么呢？

他很好奇，但并没有尝试。他移开视线，怕自己改变主意。然后他关上门，走进厨房，为妈妈的早餐泡了燕麦，然后直接上床睡觉。那天晚上他不再因"未知"而担心，因为如果他想体验，他知道它在哪里。

捕鼠人Ⅱ：国王

我是国王亲自吩咐来的，那个瘦骨嶙峋的报信人前些天敲我门时就是这么说的。此刻，我在树林里重新恢复了知觉，我强烈地怀疑我被自己研制的毒粉给毒害了，这到底是怎么回事？我躺在雪地里，皮肤冰冷无比，全身骨头酸痛，胃部痉挛，我的脑袋晕乎乎的，我想不明白整件事。我只知道自己不愿去想艾瑟儿，是她邀请我一起去那个被废弃的公园散步，在我喝下毒酒的那一刻，唯一在场的人也只有她。是她带来的酒，也是她为我倒上的。我不愿想到她，于是我看向飘荡在树林上方的那缕烟雾，寒夜里微弱的灯光成了它的背景。毕竟我是在执行国王命令时被下毒的，也许我该找国王要一个解释，而艾瑟儿根本没有过错。

　　我在树林中艰难行进，总被树根绊倒，还总是倚着树咳嗽或喘气，有一次我甚至不得不完全停下来，身体弓成极不体面的姿势呕吐，希望能吐出胃里最后一点翡翠粉。我只好随意吹吹口哨，这样自己才有力气继续向前走。我走路时发出了很大的声响，我察觉到不只是老鼠在为我让路，在我前方的森林逃窜的还有各路动物大军，而那群栖息在宫殿里肥胖无比的老鼠显然也在其中。它们的小脚在树枝、积雪和枯叶上踩来踩去。它们长着光滑的皮毛、弯曲的毒牙，尾巴像蠕虫一样蜷着。我想象着它们爬上爬下，叠在一起匆忙逃跑，它们一大群聚集在一起，变成一支蠕动的啮齿动物大军，像一条河流，以我为源头。在森林的所有生物中，只有乌鸦似乎很乐意见到我，它们在昏暗的夜空中盘旋。这也不能怪它们，由于毒药的作用和数小时暴露在冰冷的空气中，我尽最大努力也只能颤颤巍巍，弯腰驼背，拖着步子走，我一定像个行走的死人。尽管如此，我仍然专注于走路，一直向着那缕烟走去，最终烟雾消失在我的眼前。当然，这就意味着我已经离它很近了。

　　我用鼻子向空中嗅了嗅，在微风中我闻到了柴火的气味。我跟着那股充满霉味的热气往前走，最后我看到了一片空地和树林中的小木屋。我说小木屋是因为它是一栋小屋形状的木制建筑，但实际上，和城里的大多数房子相比，它的大小可以抵得上一座豪宅了。小木屋上甚至还有个烟囱，烟就是从那儿冒出来的。这让我愣了会儿神。我一直想这里的布置应该会很简陋，也许有堆篝火，就是那种欢乐而随意的户外生活画面。

我一瘸一拐地走到门口，这时门里响起了一只小狗的狂吠声。我一直都不喜欢狗，尤其是小狗，但我此刻并没有犹豫，也没改变主意。我举起拳头准备敲门，但是我的指节还没碰到门，它就开了，火的暖气向我拂面而来。突然一只脏兮兮的小狗在我的脚踝处又咬又叫，一个男孩站在那儿。不，我得道歉，应该说是一位年轻的绅士。只是他的头发太长了，脸上布满了污垢，而且从他身上的味道来判断，他已经好几周没洗过澡了，所以我起初没有认出他。可他就是那位年轻的国王，但是现在的他不像在加冕典礼上那般威严。没了加冕的盛况，他完全就是另外一个人。

我本来打算这样说——

很荣幸见到您，陛下。您可能不知道我是
谁，我就是您加冕后派来捕鼠的人。我今晚来这是
想恭敬地问您一些有关我工作的问题。我最想问
的一件事是，我在您的官殿履行职责的时候是如何
遭到毒害的，可以说差点就被杀害了。但我也要问
一下您是否真的能给些建议，甚至帮助我走出困
境⋯⋯

但是在那里看到他，我对他的感觉是：一个瘦骨嶙峋
的小男孩生活在树林里，孤身一人，只有这么一只小狗陪着
他。我上下打量他。

于是我说了别的，几乎没有意识到自己说得很大声：
"如果您没有华丽的衣服，没有仆人，没有这一切，即使是
国王，也看起来和普通人没什么区别。"

他眯起了双眼，身旁的小狗还在汪汪乱叫，我极力克制
自己别去踢它。然后他大笑起来——声音高亢响亮，刺痛了
我的耳朵。

"真有意思，"他说，"我一直希望有人来访。好多个漫

漫长夜……"他说着话从我身边走开，回到小木屋里，我看到他的衬衫破了，而且他没有穿鞋。"真是太无聊了，是吧。别只是站在那，进来吧，让我开心开心。"

我跨过了那只狗，越过门槛，我不禁注意到这是我一周内受邀进入的第二个王室住所。

房间里没有家具，甚至连个窗帘也没有。在房间的一端有个简陋的壁炉，炉火烧得正旺，对面的角落里有一堆毯子，我猜他和狗都睡在那里，因为房间里也不见其他为那只狗准备的狗窝或毯子。我一直觉得动物和人像这样一起生活非常恶心，我实在看不顺眼。我环视屋子，寻找老鼠的踪迹。可是，很奇怪，真的很奇怪，城市和宫殿里老鼠肆虐，而这儿却几乎见不到老鼠的痕迹。只能看见远处墙壁底部有个洞，从洞的大小来看，这儿无非也只有一两只小老鼠而已。

我本该一进门就把我的忧虑表露出来，我本该勇敢地向国王要一个解释，也本该得到一个说法。可是我的声音仿佛被人给偷走了，见到眼前这出乎意料的画面，我的声音便从嘴角消失了。在树林的时候我还在想，国王可能会坐在粗糙的王座上问我来访的原因，并准许我向他抱怨。但现在，我只觉得不自在。我不知道从哪说起。

在离壁炉不远的地板上有一个未完成的拼图玩具，为了分散注意力，我朝那儿走了过去。拼图上面的图案是乡村风景：蓝蓝的天空、青青的山丘、一群飞在半空的鸟儿、长满叶子的树，还有一条缓缓流过整个村子的河流，由于拼图方块用完了，也可能由于国王没有继续完成整个拼图，河流没有拼完整。

"非常漂亮，陛下。"我对他说。

国王正在和小狗一起玩耍，他拿着什么东西在狗的鼻子上方晃来晃去，在那个脏兮兮的小东西跳起来抓到之前猛地抽走。在我看来，这种游戏似乎很残酷，尽管我根本不知道小狗对此的感受。它脸上的肉耷拉着，面部扁平，无论面对什么，它总显得不满意。

我转身看向了拼图。

"拼图上面的画面跟这里的景象真的太不同了。"过了一会儿，我说道。

国王看向了我，他松开了手指，任由他的狗抓走手里的任何东西。他走到另一边，盯着拼图看。

"你的观察很有趣，捕鼠先生。你好歹也是个捕鼠人，不是吗？虽然你来这儿的原因还是个谜，因为你本该身处宫殿，给我的姐姐制造麻烦。噢，但是无论如何，你说得太对了，捕鼠先生。它的确跟我们所处的环境不同。不过，难道你不认为这座木屋的位置很有趣吗？你看，我把自己关在里面，只有卢卡斯陪我，我感觉好像小木屋可以是任何地方，任何地方！我可以走出前门，当我看到的不再是冰冻的森林，而是我拼图里的景色……噢，那时我和卢克会多么开心地大叫啊。我们会跳着跑过长满青草的平原，爬上树梢，就像农家男孩一样，是不是，亲爱的卢卡斯？"

他转过身去，弯下腰把狗抱进怀里，然后把它毛茸茸的头枕在下巴底下，这样一人一狗一起面对着我，一个叠着另一个。

"噢，我们会的，不是吗？"国王继续说道，"我们会一起嬉戏，然后太阳高高挂在天上，我们两个因为太热玩不动了——噢，但是想象一下，天气太热！我真的想象不出来，我已经在寒冷环境里待太久了……不管这些，小卢克，我们继续！所以，因为天气太热，我们不能继续像之前那样嬉戏运动，但我们可以从这条路上冲下去，就从这儿……"他在拼图旁蹲下身子，手指在上边描摹，好像那是一张地图。他的一只胳膊仍然抱着"小卢克"——他是这么叫它的。"穿过田野，跑下山丘……冲进河里！你可以在河里游泳，小卢克。事实上，我想我们两个都可以游泳，因为我觉得你无法独自在那么湍急的水流里漂浮，是吧？要不然，水流会把你从我身边冲走，肯定会的……"

国王停了下来，搂着狗在脸上蹭了蹭。狗只是在他身上嗅了嗅，仿佛希望他是一块食物。想一想，国王和他的小狗看上去都瘦成了皮包骨，他们在这儿都吃些什么呢？

"但外面没有小河，"国王坐在地板上说，"而且我在这儿能感觉到，外面像往常一样冷。但别担心，小卢克，别担心。"

我盯着国王看，他在摆弄一块拼图，那块拼图是天空的一部分，他把拼图喂给卢克玩。

"你会讲笑话吗，捕鼠先生？"他头也不抬地问我，"或者是唱歌？跳舞？"

"不，陛下。"我说。

"那你为什么这么丑呢？看着你那样一瘸一拐地走到我的门口，我实在很害怕。你看起来确实很像食尸鬼。不过我还是对此表示同情。"他压低了声音，轻声模仿了我滑稽的口音——"我一直都不好看。"说完，他又一次发出那刺耳又高亢的可怕笑声，"噢，不过真是太棒了，小卢克，看起来我们有了新朋友！"然后他又怪里怪气地学我的声音，"捕鼠先生。"他这么说着，还不停地大笑。

"如果您不嘲笑我，我将不胜感激，陛下。"我说。

"如果您不嘲笑我，我将不胜感激，陛下。"他学着我又重复了一遍。

我没有回答，但我向前迈出了一步，踩在他的一部分拼图上，我的鞋子把相连的部分弄散了。他不再傻笑了，只是瞪着大大的、无知的双眼，而我可不像之前那样相信他了。

"噢，我只是在开玩笑，捕鼠先生。小卢克和我在这里太无聊了，如果你不给我们唱歌、跳舞或讲笑话，我们还能玩什么呢？你能做些什么吗，捕鼠先生？难道我们什么好玩的都没有吗？"

"我会捉老鼠。"

"好吧，那是肯定的。不过天知道那能有什么用。"国王皱着眉头停顿了一会，好像想等不愉快的想法消失了再继续，"但是这一点也不好玩，不是吗？"

"这可以很好玩的，"我说，"别人很欣赏我的捕鼠器，他们甚至说……"说到这里我不得不休息片刻，林间的长途跋涉让我很虚弱，此外，我的喉咙里有什么东西哽住了。我咳嗽了一下，然后重新开始说："他们甚至说我的捕鼠器很巧妙。"我说。

国王笑得前仰后合，他戳了戳小狗，据我观察，那只狗正在他的腿上扭来扭去，看上去好像是在设法摆脱主人的粗暴对待。

"他们甚至说我的捕鼠器很巧妙，"国王模仿我的声音说，"噢，但我确实很喜欢这个人，小卢克。他是我们这些年里见过的最有趣的人。"然后他努力让自己平静下来，随后一脸过于好奇地看向我，"但是，我要问你，亲爱的捕鼠先生，究竟是谁这么夸赞你的捕鼠器？一定要告诉我，否则小卢克和我是不会相信你的。"

"是艾瑟儿小姐，"我说，"宫殿里的艾瑟儿小姐说我的捕鼠器很巧妙，你可以不相信，但这是真的。千真万确。"

"我姐姐?"国王问，他突然站了起来，将狗丢在了地上，好像完全忘了这个小东西是个活物。很显然，卢克似乎习惯了突然双脚着地。它快速地跑到角落的毯子上，也许为主人不再把注意力集中在它身上而高兴。

"真的?"国王说，"你真的确定? 那太奇怪了。虽然她肯定有她的理由。噢，但是告诉我，你觉得我姐姐怎么样，捕鼠先生?"他朝我走来，光着的双脚踩乱了拼图。

"她看起来，"我开始说道，差点问出一直萦绕在脑海里的毒药问题，"她看起来是一个非常有魅力的年轻女人。"我说道。

"一个非常有魅力的年轻女人。"国王说，"啊，你真有绅士风度，竟然用这么老套的说法。你说得对，捕鼠先生，我姐姐真的非常迷人，当然只要你不靠近看。你在那儿遇到肖了吗，捕鼠先生? 他的谄媚态度就能让你认出他来——或者我该说，至少是他对我姐姐的谄媚态度。他一心想着让她坐上王座。所以他花时间搜寻我可怜父亲的遗嘱，想找到任何条款甚至是一个逗号，好让他有足够的理由赶我出去，虽然我已经躲得远远的了。我真的不明白，为什么所有人都那么喜欢她。你知道理由吗？不过我的母亲不喜欢她，捕鼠先生，而大家都认为我的母亲像天使。噢，但毫无疑问，他们俩之间一定有问题，我姐姐和肖之间。我忍不住这么怀疑。好吧，你看到他了吗？"

"我看到了，陛下。"

"他在那里做什么，告诉我，在笑？在跳舞？或是在制造各种法律证据，证明我为什么必须待在这个小房子里，而不能靠近他们俩都喜欢住的那个老鼠成群的宫殿？不过，我真傻……肖从来不大笑，也不跳舞。想一想，他甚至都不笑。告诉我，捕鼠先生，我想知道。我的姐姐真的说过你的捕鼠器巧妙，是吗？"

"是其中一个，陛下，"我说，"我只给她看了一个捕鼠器，但是没错，她说捕鼠器很巧妙。她这么说的。"

"她的好奇心真重。但是捕鼠先生，你肯定知道现在也应该给我看你的捕鼠器吧？给我们其中一个看，却不给另一个看，这不公平。"

"恐怕我办不到，陛下。"

"你怎么可能就办不到呢？"他说，"你都给她看了，为什么就不能给我看？"

"陛下，我的意思是，刚刚说的那个捕鼠器还在使用，无论如何我也不想再去碰它了。"

"噢，"他说，随后咧嘴一笑，"真有趣。是不是因为它让你想起某些痛苦的回忆，捕鼠先生？有关你的艾瑟儿小姐那些最有魅力的谎言？"

"完全不是的，陛下。"我跟他说。

"可怜的捕鼠先生，"他说，"我姐姐对他人的心意漠不关心。并不是她的错，你明白的。不心怀爱意地养一个孩子，就会发生这种事。"

他打了个哈欠，仿佛他刚才只是说了些关于天气的简单寒暄。然后他踉跄着走回他那一堆毯子那儿，把卢克从乱糟糟的毯子里抱了起来。

"你一定要给我们做个新的捕鼠器，捕鼠先生。"他说着，双臂紧紧地夹着卢克，"事实上，我的确想要一个捕鼠器。要是我们喜欢的话，我可能还会给你一些建议作为奖励。我会吗，小卢克？是的，当然会的！我可能会忍不住告诉这个邋遢又丑陋的人如何和他最喜欢的艾瑟儿小姐重归于好，没错。"

"你会告诉我艾瑟儿小姐的事？"

"为什么不呢？当然会！我一定会奖励好公民的，你也知道，我可不是一个暴君。你确实想成为我姐姐的朋友，不是吗？"

"任何男人都会想吧？"我说。我脑海中又不自主地闪现出一丝希望，也许湖边发生的事另有原因——律师、老太婆，甚至是国王都有可能是毒害我的幕后黑手。但也许我不该这么说，因为我说的话好像让国王的脸一下子沉了下来。

"有这么一个迷人的姐姐，我多幸运啊。"他这么说，然后用脚踢了下没有打散的拼图，把拼图碎片踢得满地板都是，"已经毁了。只能重新拼了。"

他回到毯子堆坐下，松开了小卢克，它绕着主人转了一会儿，随后它出于某种原因竟然主动爬到了主人的腿上。国王用手摸着小狗的皮毛，似乎不再逞强了，我不禁观察到他看起来很年轻，而且有些疲倦。他低下头在狗两只耳朵中间的位置亲了一口，我移开自己的视线不去看。我已经说过了，我可受不了这种场面。

等我再回头看的时候，他已经把自己裹进了毯子里，把小卢克抱进怀里，就像一个孩子抱着自己最爱的玩具那样。有那么一会儿，在壁炉跳动的火光下，我们两人，一位国王和一个捕鼠人就那样看着对方。

"我困了，"国王最后这么说道，"现在去做我的捕鼠器吧。我想一醒来就立马看到巧妙的东西。"

然后他闭上了眼睛，立刻就睡着了。

我并不期待世界会变得更好，我确信你们会认为我对周遭的工作有种神奇的正义感，但我可不是那种人。国家那么糟糕，可国王在晚上却那么容易就入睡了，这让我不由得感觉很不爽。可他的狗没有睡。小卢克在国王的怀抱里，两只小珠子一样的眼睛闪着亮光。我好奇它是不是要一直这样待到天亮，那个小家伙尽量让自己一动不动，希望不惊扰到自己的主人。

我又注视了一会儿熟睡的国王，然后转身向门走去，他轻微的呼吸声远了，壁炉噼啪的声音和暖气也远了。我需要收集些树枝，然后找一个远离那儿的地方想一想我要造的捕鼠器。我朝小狗点了点头，然后出门了。我想，还好是你而不是我。

*

然而，在徒步穿过树林，寻找适合工作的地方时，我突然感到很沮丧。到国王那里去抱怨，然后就这样离开，真是荒唐可笑。我不仅没有得到想要的结果，反而要执行更多命令。不管他是不是国王，他也只是个孩子而已。

我沿着那天晚上早些时候踩出的杂乱踪迹，一直走回宫殿大门附近。晚上，大门紧锁，带有尖钉的铁门闩上套着重重的铁链和挂锁。从大门看向远处，城市在天空下只是一团漆黑，闪烁的光亮斑驳无序——这儿闪烁着煤气灯的火焰，那儿有汽车的头灯亮光在晃动——但是，我倚着门闩看向整座城市，呼吸着夜晚的空气，在国王的住所吸入了充满烟味的暖气后，我很乐意让肺部呼吸夜晚的空气。我又闻到微风中夹杂着一丝熟悉的老鼠气味，像鼓声一样，笼罩着一切，我意识到自己在小木屋时甚至有些想念这种气味。因为最近老鼠肆虐，我已经习惯了到处都是这种气味。然后我让自己稍微放松，盯着夜晚的街道，想象小东西们在下水道里乱窜。我可以相对轻松地捕获成千上万只这些普通的老鼠，而不需要像在宫殿那样复杂，那样让我费尽心力。

我抬头看向屋顶，它们一个叠着另一个，就像老人的坏牙一样参差不齐，然后我的眼睛向东面看去，目光掠过医院烟囱升起的烟，还有方形的黑色老钢铁厂。每一个都没有亮光，而且从这儿看的话，你永远想不到人们居住在那里，并把那儿当成他们的家。

我沿着黑暗的屋顶数到了第三个，用手数着这些建筑物，最后我数到了自己的房子。我知道我的工作室还有所有的工具都在那儿。所有东西都是按我最喜欢的样子摆放的，只等着我回家坐在长凳上，也许我会披上一条毯子，然后全神贯注地构思新的发明。一开始看到我的房子我还很高兴，但是这种感觉突然变了，我开始乱想，想象自己坐在屋顶，站在自己最喜欢的地方俯瞰整座城市，然后我朝下看向宫殿的大门，结果看到我自己就站在那儿，双手抓着栏杆，望着外面。

我实在不喜欢那种感觉，于是我晃了下身体，正当我准备拖着虚弱的身子往前走时，我终于想起了什么。我说"终于"是因为，我觉得自己其实早就意识到了，从厨房旁穿过用人出入的大门，进入宫殿那会儿我就知道——肯定是在老太婆工作时间给所有老鼠喂食那会儿我就知道了。肆虐城市的老鼠都来自宫殿，一定是这样。我没在其他地方见过那么多的老鼠，也没见过那么宽阔的饲养场地，它如此完美地契合老鼠的需求。这个想法很荒唐，甚至离经叛道，但念头一旦产生，便无法抹掉。我的猜测肯定是真的。

　　我很好奇：国王也知道吗？他就是因为这个派我来的？如果是这样的话，那就有点敷衍了。虽然我捕鼠能力很强，但是要处理整个王国核心的鼠患问题，仅仅只是召唤一个捕鼠人绝对不够。不过，考虑到自己的所见，我真的觉得惊讶吗？在我看来，他就是一个敷衍了事，甚至是个自私自利的国王。

　　　　　　　　　　　　＊

　　就像我之前所说，在设计捕鼠器的时候，我通常会从预期要抓捕的老鼠中选择一个样本作为参考。我尝试引诱一两只老鼠到空地上，我打算把那里当作夜晚的工作场所。我没有带手套，也没带装着我精心调配的翡翠粉的罐子，但是在一棵有洞的树下，我发现一片青苔里长着些蘑菇，我用指尖把它们捣碎并撒在了地上。然后，我尽可能安静地蹲在旁边，静静地等着。

第一只老鼠从灌木丛露出了头，从离我膝盖几码远的一沓树叶下探出它细长的鼻子嗅了嗅，它是帮助我研究宫殿老鼠的好样本。它径直跑向蘑菇诱饵，月光在它充满光泽的黑色皮毛上闪烁。它刚到我能够得到的地方，我就向前猛扑。但是我还生着病，而且受了伤，而这只老鼠正当壮年，虽然体型硕大，但行动灵活且迅速。它用脏兮兮的尖牙咬了口蘑菇，躲开了我的手指之后，便溜回了树荫里，而我掌心着地扑到了地上，正好扑在我自己撒的蘑菇碎屑中间。

我并没有气馁，重新爬回了藏身的地方。我继续等待，几乎屏住了呼吸，周围非常安静。乌鸦哇哇地叫，风吹动树梢嘎吱作响，终于，第二只老鼠出现了，它一路跑向我放的诱饵。我准备好要抓住它——闷死它或者扭断它的脖子——

但我意识到了一些让我不安的事。那只老鼠知道我在那儿，我确信它已经看到我了。它肯定能闻到我的气味。然而，当我露出牙齿并准备纵身一跃时，它却没有企图逃跑。它只是朝空气中嗅了嗅，继续盯着我看，而我最后也没有抓住它。

我踩着脚后跟前后摇晃，准备朝它猛扑，我在雪地上发出了各种响动，还拨开森林地面上的欧洲蕨，但是这个家伙还是不尝试逃跑。相反，它向我爬了过来，闻我的膝盖和鞋子，尽管它自己送上门来，但我不得不承认，我对它什么都没做。并不是我起了同情心，只是我捉了那么多年老鼠，还从来没见过这样公然无视常规的。我让它多围着我闻了一会儿，然后赶它回了树林里。也许这样很傻，但是我依然心有余悸，无法忘掉站在宫殿大门口时脑海中浮现的画面。我只是觉得，它主动送上门来，我这么抓它不合适。

这之后，我想我不能在蘑菇碎屑和空心树旁等太久。我已经离开国王很久了，四周夜色渐深，月亮在天空中移动。我也没有日常使用的工具和材料辅助，这意味着造一个捕鼠器很有可能花上比平日里更久的时间。我又朝那片空地看了看，并没有发现别的老鼠过来。看来我该开始制作捕鼠器了。我得凭记忆开展捕鼠工作。

起初，工作开展得艰难而且低效。我只有把小折刀，用来削没经过处理的厚木头，我还需要爬到树上寻找材料，而我之前都习惯把各种锯子、木板、刀片和化学品摆在手边。但是没过多久，因为我更加专注于制作捕鼠器，我发现自己忘记了环境的限制，陷入沉思里，想着怎么制作更好的机件，还有怎样把它做得更复杂精细。比如，我在思考怎么解决诱饵的问题。我没有带香粉，也不打算用雌鼠去吸引雄鼠，只想用毒药毒倒它。而且，可能是因为想到国王之前看起来非常饿，也可能是因为我自己又饿了，所以我觉得这次捕鼠最好拿食物作诱饵。我敢说，我思考得非常仔细，比一个厨师决定他的菜单还要仔细。我吹着口哨，削削砍砍，锤锤刻刻，还把树皮编成了一根绳子。最后，捕鼠器终于完成了，我抬头看天，已经黎明时分了。我脱掉外套，把它盖在捕鼠器上，然后把整个罩着的捕鼠器扛在酸痛的手臂上，忍着痛慢慢往回走，穿过树林走向小木屋。

＊

烟囱里冒出滚滚浓烟，所以我想国王应该是醒了。我径直走向屋门，敲了敲。

"噢！"门后传来国王的声音，"等下，等我们一会儿！"

大冷天的，我又等了五分钟，重重的捕鼠器压着我的胳膊往下沉，弄得快要脱臼了，最后我终于失去了耐心，又去敲门。

"噢！"国王又说道，"噢，进来吧！"

我一边紧紧抓着捕鼠器，一边努力够门把手，我听到他说："现在，小卢克，让我们想想会是谁呢？"

最后我终于开了门。应该说，在一通胡乱摸索后，我终于按动了门把手。门口的雪让我滑了一下，我扛着捕鼠器身子往前一斜，勉强站稳了脚跟。我又一次意识到，我的身体大不如从前。我从踉跄的地方抬头，看到炉火在炉栅中熊熊燃烧，还听到小卢克在我身后哀叫。我转身看向房间的另一侧，前一天晚上我就是从那儿离开国王的。

毯子被推到了一边，国王靠在墙上，手臂里抱着正在哀叫着扭动身体的小卢克。然后接下来看到的画面真让我恶心。国王给自己做了个王冠，看起来像是用森林里的树枝做的。噢，这没什么，他可以给自己做玩具王冠，他爱怎么打扮就怎么打扮。真正让我恶心的是，他做了一顶迷你王冠来配他的王冠，他把迷你王冠戴在小卢克那毛茸茸的臭脑袋上，这只狗简直无处不在。

我一点都不避讳地说，我认为人类和动物不应该打扮得一样。正是出于这点考虑，在我身体还健康的时候，那时候我还没去宫殿，每天早上我都会花点时间整理仪容，我觉得自己不同于那些在地上爬的野生动物，所以这么坚持是值得的。在我看来，这种演出来的人兽之间的亲密关系非常荒谬。而且，卢克被国王抱着，一直前后扭动，像是想努力甩掉头上的王冠。这只狗不愿意配合表演，这让整个场面变得更糟糕。

"早安，陛下，"我说，"我想您一定睡得不错吧？"

"没怎么睡着，"国王说，"我是没怎么睡。小卢克太闹了，太想吸引我的注意，弄得我都合不上眼，对吗，亲爱的卢卡斯？"他一如往常蹭了蹭小狗，这时他们俩的皇冠碰到一起发出沙沙的摩擦声，"不，你这个傻家伙，我不知道你脑袋里想些什么。千万不要被它无辜的面孔欺骗，它其实是个捣蛋鬼。不过，现在没事了，对吗，卢克？因为我给你做了一顶王冠，和我的一样，所以你不必再嫉妒了！它嫉妒得很，捕鼠先生，它的嫉妒心和我姐姐一样重。但是现在我们俩都是国王了，所以它今天非常开心。"

我说过，小卢克看起来并不开心，一点也不，但是我觉得没必要去争辩。

"听到您这么说我很开心，陛下，"我说道，然后把仍然盖着我外套的捕鼠器放在地面中央，刚好放在散落的拼图碎片上面，"您会很乐意知道，"我搓了搓手，然后拽了拽外套，好让我更方便拿取，"我今天以林地为主题给您做了个捕鼠器，来庆祝您和您的小伙伴住在这么迷人的房子里。陛下，我能否请您看一下这榆树光滑的线条？整个捕鼠器的主体部分都是用榆木做的。我还想让您看下捕鼠器的铰链，它带着些独特的枫叶色。我非常希望您会喜欢它整体的乡村风格，它的外观甚至可以说带有田园风格。为了让您喜欢，当然也为了让小卢克喜欢，我已经竭尽全力了，陛下。"

国王拍了拍手，同时他还是紧紧地夹着卢克。

"啊，太好啦，"他说，"我们一直都很期待，对吗，小卢克，我的小可爱？我迫不及待地想看你给我们设计了什么，捕鼠先生。现在就开始吧，好吗？不要让我们成天都等着。"

但是这次我决定坚守自己的立场。我依然把外套搭在捕鼠器上。

"首先，陛下，有一个问题。"我说。

国王微微一笑。"好吧，"他说，"真有趣，一个问题？这是游戏的一部分吗？请问吧，捕鼠先生，问你的'问题'，行吗？"他又在模仿我的声音，时不时地来上一句，像位口技表演者对傻瓜说话一样。

"艾瑟儿小姐，陛下。"我说，"您说过您要告诉我一些关于艾瑟儿小姐的事情。"

"我说过吗？"国王睁大眼睛说，"确实，我确实说过！我不知怎么全忘了。噢，但只有当我觉得你的捕鼠器真的像她夸赞的那样好，我才会告诉你。她说什么来着？巧妙？好吧，你不能怪我，捕鼠先生，我是想看看是不是真的很巧妙。毕竟那不太可能。"

卢克乱叫起来，它那可怕的高音让我咬牙切齿。看起来国王在说以上这段话的时候把卢克抱得更紧了。

"您必须现在就告诉我，然后我才能给您看捕鼠器。"

"你可真没意思，"国王说，"我姐姐就那么有魅力，你连一会儿都等不了，就不能等我们玩会儿再说？捕鼠先生，其实她并不像你想的那样迷人。我向你保证，如果你像我一样了解她，那么你就再也不想听到任何关于她的话了。"

"如果我坚持的话，请您理解我，陛下。您跟我讲了条件，您可以看我带给您的这个物品，就在外套下面，从它的形状和块头来看，你就知道我履行了承诺。我也想得到些肯定，如果您乐意，我希望您也能兑现诺言。"

国王眯了眯眼睛。"兑现诺言？我必须说，对于我们的小游戏来说，这么说有点太正经了。但是好吧，如果你坚持，我可以告诉你。但如果你不喜欢听的话，可不能怪我。因为我要给你一些提醒，是关于老鼠的。如果你真的想赢得我姐姐的芳心的话,恐怕你不能继续捕鼠了……"说到这儿,他露出了令人不悦的笑容,"因为你要知道,她爱老鼠。就像我爱小卢克一样,虽然对我来说,我只有一只小卢克,而她心里装着每一只老鼠。噢,你没必要为这些话而气成这样,捕鼠先生。我说的每个字都是真的,我跟你保证!从她孩童时期起,老鼠就是她唯一的伙伴——除了她那个糟糕的、心智不全的母亲之外,她母亲也算不上是陪伴。我姐姐从来不玩她的玩具,当然,不管我什么时候去她那儿,她都不和我玩,她甚至连话也不说。如果我想和她玩游戏,她只会对我大吼,或者对我乱抓乱挠,然后在我走之前一直盯着窗外看。噢,但是她总是跟老鼠玩。她似乎和老鼠很亲密,甚至可以说……所以我才觉得,捕鼠先生,她不可能这么夸你的捕鼠器。如果你觉得我说得不对,那请纠正我,但我不得不认为,她一定是在骗你。噢,但没必要那么生气。"他挥了挥手,仿佛想让整件事就此过去。"现在你可以给我看捕鼠器了,也许我真的会觉得它很巧妙,那至少你最后能得到我们其中一人的赞美!来吧,捕鼠先生,现在就给我们看。"

他把卢克往上抱了抱，又拍了拍手。我觉得自己快喘不过来气了。

"你太残忍了，"我最后说，"竟然这么说艾瑟儿小姐。"

"我不在乎，"国王说，"该跟你说的我都说了，现在该你兑现承诺了。现在你必须说到做到。"

好吧，我很难理清思绪，尤其是小卢克还在那里制造噪音。所以我没有说什么巧妙的话，来表明他讲的奇怪故事并未对我造成任何困扰。我只是摇了摇头，便走开了，走到炉火附近，最后站到捕鼠器的后面。

我吸了口气，回想起在树林时下定的决心……然后我往下摸，抓住盖在捕鼠器上的大衣的一角，把它掀开了。国王倒抽了一口气，我抬起头看他的脸。他脸上的自以为是和恶意消失了，那一刻他就像个受惊的孩子，看到这一幕我觉得很激动。他立马恢复了原样，但他知道我已经看到了。我从捕鼠器后面一瘸一拐地走了出来。

"请留心这里中央弯曲部分的细节，"我说，"我在雕刻木头时着重突出了树皮原来的纹理。您知道，只是为了美学价值，为了贴合林地主题和田园风格，让捕鼠器整个看起来更像一棵树。我在这儿、这儿还有这儿也雕刻了……"我蹲在捕鼠器旁边，用手指着那些地方，"一些切口和凹槽，它们之间的距离刚刚好，正适合您宫殿里那种体型的老鼠抓握，陛下。而且，这么设计还可以让通往主体部分的路更好爬、更有吸引力。当然，这些设计只是出于形式而已，虽然宫殿里的老鼠很胖，但它们还是可以自己爬上主体部分的。"我朝他笑了笑，并把手伸向捕鼠器"树枝"的部分，"您看到的这些木质星星是我招牌式的设计之一……陛下，这里是整个装置的尽头。"

"鸟巢？"国王问道，语气听起来不怎么让人舒服，但我却挺喜欢他不确定的口吻。

"鸟巢，没错，"我说，"观察得不错，陛下，里面还掺杂了林地里的蘑菇，碾碎的蘑菇撒在鸟巢上，这能让诱饵的香味传得更远。"

"我懂了。"国王说，我觉得他的声音听起来有点卡顿。

"您能注意到这儿有个小平台吗，陛下？就在鸟巢的外围。"

"是的，捕鼠先生，我看到了。"

"我用锉刀磨了磨'树'周围的部分，所以老鼠要想跳进鸟巢，最后必须要来到这个平台。"

"它们到平台后会怎么样呢，捕鼠先生？"

"它们到平台后会怎么样呢？"我重复了一遍他的话，"很高兴您问了这个问题。会这样，陛下。"我拍了拍捕鼠器最顶部的装置，"老鼠的重量会触发这个起重机一样的装置，打结的树皮套索会从下面升上来，您看到了吗？就在这儿？然后在这儿收紧，刚好就在这里，按照计划，套索会在这儿套住老鼠那光滑肥胖的脖子，然后装置会开始下坠，老鼠先生就会被吊死。"

"我看到了，"国王又说一遍，"但是，捕鼠先生，这也就是说这个捕鼠器只能抓一只老鼠吧？你现在仔细想想，这可不够高效，不是吗？"

我当时只是全神贯注地演示，没有太在意他的问题。

"现在，陛下，请允许我完成最后一步。"说完，我把手伸进树顶的小鸟巢，取出一个鸟蛋，在平台的边缘磕了一下，然后把它洒在鸟巢里其他鸟蛋和蘑菇的上面。我心里想着：自己真像一个浪漫的法国厨师。

"这样做是为了让香味更浓烈，陛下。"我说。

然而，我没开心多大会儿，因为我磕破蛋壳的时候，卢克又开始叫了。我不得不说，刚才的那一会儿，我都忘记它了。我敢说，在演示捕鼠器时，我声音里露出的权威让它安静了下来。总之，我太专注了，根本没有受它打扰。可能是因为这样，当它挣脱主人的怀抱跳着跑向我的"树"的时候，我没反应过来。国王还在盯着鸟巢看，所以他也没像平时那样迅速做出反应。

"卢克，"他叫道，那时他迟钝的大脑刚刚反应过来，"卢克。"他喊道。但他仍然只是站在那儿，呆呆地望着，而小卢克却快步跑到了树旁，在跑的过程中还把我的木星星撞到了一边。天哪，这只狗肯定已经有一个月甚至更长时间没好好吃上一顿了。我很少见到有什么生物那样疯狂地朝着捕鼠器冲去的。

"卢卡斯！"国王又叫了一遍。但是当狗跑到平台的时候，国王才开始摆臂奔跑，去追他那可怜的宝贝宠物。我之前说过，房间很大，等国王到我们这儿的时候——在他经过一顿猛跑到达狗、捕鼠器和我身边的时候——已经太迟了，卢克已经被绳子套住，他的脖子完全断了，最后窒息死亡。

国王发出了非常恐怖的哀号。那一刻，我甚至都在想——就想了一刻——自己是否犯了一个大错。不过，我没来得及思考，因为我还没反应过来，他就跑到了捕鼠器旁，并把捕鼠器摔在了地上，他又摇了摇小卢克，还把鸟巢往上一扔，鸟蛋全都滚在地上，碾碎的蘑菇撒在了小屋的地板上。然后国王蹲在地上，用力拽小卢克脖子上的树皮绳结，努力想解开绳子。他发出了非常可怕的声音，那是我听过的人类发出的最可怕的声音。鉴于我所居住的那片地区的遭遇，他的反应别有深意。看到国王狼狈至此，真是不可思议。我从来没想过有生之年能目睹如此场面，更别提这种场面还是我一手造成的。

"它的脖子断了，"我最后说道，"现在对它来说死是一种解脱。"

但听到这些话，国王又开始尖叫啜泣、撕扯绳子。

"天哪，"我说着，一瘸一拐地绕着可怜的他转了一圈,"您不应该哭闹,不是吗?您应该想到,陛下,在您宫殿的大门外,老鼠肆虐,它们把您的宫殿当成老巢,让整个城市街道都蔓延着疾病,甚至有人因此丧命。每个人都胆战心惊、无比绝望,因为不管到哪儿都有人议论瘟疫。您会为他们哭泣嚎叫吗?您会为那些人哭,就像失去这只可怜的小害虫这样哭嚎吗?"我抓住国王衬衫的领子,将他从抽搐的小狗身边拽开,并把他拎了起来,拎到我们差不多鼻子对着鼻子的高度,"当然不会,"我说,"您甚至都没有注意过他们。"

"但它不是害虫,"国王嗓音嘶哑地说,"它有生命,它会思考,它……"他不说了,咳嗽了起来,他清了清嗓子,然后抬头看我,表情非常奇怪,看上去是想认真解释非常重要的事情,"它不是害虫。它是卢卡斯。它那么小、那么听话又乖巧,而且有它在身边的时候,我从不做噩梦。"

我松开了国王的衣领,他直接倒在了地板上,又虚弱又憔悴。

"真可悲。"我说道,然后转身背对他,蹒跚着去看炉火。

我们像那样安静地待了几分钟。起初，国王呜咽啜泣的声音不断从身后传来——当然，最后一声哽咽是小卢克发出来的——直到后来他们都安静了，我只能听到炉火噼啪作响的声音。我缓慢地呼吸了几次，让自己怦怦乱跳的心脏平静了下来。

"你故意这么做的，"过了一会，国王在我的身后说道，"你故意为卢克做了那个捕鼠器，不是吗？"

"我不知道。"我对着炉火说。

"你真的是个怪物。"国王说，他的声音听起来不同了，更像是终于振作了起来，像是从地板上站了起来，不再那么荒谬地伏在他奄奄一息的宠物前面。我应该转身看他的——我知道自己该这么做——以表示自己并不感到羞愧，也并不怕他，但是我不能这么做。我感觉到他走近了，光着脚无声息地走来，但我还是把脸转向了一边。

"但你为什么要这么做呢，捕鼠先生？我把姐姐的秘密告诉你了，我确实做到了。我还以为你是来帮我们的。"

"我不知道，陛下。"我说着，仍然避着他的目光。

"可怜的小卢克，"国王继续说，"它活着的时候从没害过一条命。但现在……"国王的声音颤抖了，"我真的不知道没有它我该怎么办。"

我觉得我不该说接下来的这句话。事实上我不确定我为什么会这么说。

"对不起，陛下。"我说。

然后我察觉背后有动静，我转过身去，看到国王从炉火里抽出一根长长的木棍，木棍上的火焰跳动着，捕鼠器顶部的套索现在似乎已经松动了，完全燃烧了起来。我试着躲开它，但我的脚趾冻伤了，而且毒药还在我的血管里来回流动。此外我的身体又酸又痛。总之我行动太慢了。棍子末端的火焰碰到了我衬衫的袖子，另一端的火焰还没烧到国王的手，他便大叫一声，将整根燃烧的木棍扔了出去，扔进了壁炉中。

我看着他检查手掌的皮肤有没有烧伤，而火沿着我的衣袖、裤腿蔓延，烧到了我的胸膛。我继续看着国王，而他抬起头睁大眼睛盯着我，似乎是表示他很无辜，他完全是不小心才犯了错。最终疼痛袭来，我闻到皮肉烧焦的味道，然后猛冲向门外。

我一到雪地上就迅速扎进雪里，火遇到水发出嘶嘶的声响。我在地面上滚来滚去，找更多的雪、更大的地方来扑灭火焰。我从来不曾想过，自己会对这座城市的漫漫冬日心怀感激。谢天谢地，最后火焰终于熄灭了，不过我的皮肤仍然滚烫发黏，跟我破烂的衣服粘到了一起。我从地上起身——在泥里已经滚得够多了——我没停下来去检查烧伤程度，而是朝着湖边跑去。

我摇摇晃晃穿过树林，身体不时撞到树干和树枝上，细枝从我的头皮划过，最后我终于来到宫殿的车道上。我跑回了不久前和艾瑟儿道别后走的那条路上，然后走到之前我们一起坐在星空下喝酒的地方，那时她肩上披着皮大衣，月光下的她真美。但是我没有停下来细想，而是像只绝望的动物一样往前冲，一路冲向湖面。和冰面接触的皮肤疼得要命，我想叫出声来，就像国王对着那只傻狗喊叫时一样大声，随后冰面在我身体下面裂开了，听起来像骨头裂开的声音，我跌了下去，沉到了水下。

我浮在水中，身子不断下沉。起初非常痛苦，寒冷侵袭着我的胃和脑袋，最后，我突然感觉自己能忍住了。我睁开眼睛，看到头顶的冰层就像一块坚硬的透明天花板。我看向四周，湖里没有别的能干扰到我的东西，因为湖中的环境那么恶劣，没有生物能够在其中生存。湖底只有一些石头，我游向它们，皮肤跟水接触的感觉很舒服，减轻了我身体烧伤的疼痛感。我屏住呼吸待在那儿，一直到自己需要换气才离开。

我又浮出水面，从掉落时形成的小窟窿里探出头，我眨着眼睛左右摇头，直到自己能看得清楚。我的状态很差，你要知道，我不敢用手揉眼睛，怕碰到身体的什么部分，怕手的热量会让烧伤的地方再次疼起来，又怕烧伤的皮肤会脱落掉在手指上。当我又能看见的时候，我抬头盯着天空看了一会儿，然后在周围的一小块水域游了会儿，最后我看到了宫殿的车道。大门现在离得很远，就在车道的尽头，但它再次敞开了。我还看到了自己居住的城市，它仍在召唤我，仍然溃烂不堪。

我转过身面向宫殿，意识到也许这是我第一次看清它真正的面貌。我从不喜欢它，从湖里端详它的话，我丝毫不觉得敬畏、恐惧、痛苦或者好奇。仿佛火将那些感觉都驱走了，而我只觉得它是鼠患的中心：柱廊之间隐藏着老鼠的毒牙；所有饥饿的老鼠的脸都潜伏在城垛的滴水兽后面……肥胖而冰冷的老鼠尸体成堆地叠在天鹅绒窗帘和镀金门廊下，那些地方有我撒的翡翠粉。随后，我注意到宫殿左侧一个窗户那儿有动静，窗帘被拉开了。

是艾瑟儿站在窗户那里，她还是那样沉静、那样完美，就跟那天晚上我最后一次在湖畔见到她一样。当我盯着她看时，脑海里自动浮现出艾瑟儿孩童时期的画面，她独自留在空荡荡的儿童房里，只剩下老鼠做伴。我想：那会是真的吗？会不会仅仅是国王出于对他姐姐的恶意才召我入宫，而不是真的想要解决鼠患问题？"我还以为你是来帮我们的。"在小木屋的时候，国王就是这样说的。他说这话到底是什么意思？

起初她望向地面，并没有注意到我，但接着，她看见我了。她吃了一惊，猛地从窗户那儿后退了一步，然后就消失了。我想这可能是我最后一次见到她，但她很快又出现了，身边还站着她的母亲。她们两个盯着我看，艾瑟儿精致的面庞和老太婆的面孔刚好扭曲成一种怪诞的画面，她们刚把我送进死人堆不久，我便这样出现在她们眼前，她们的脸上明显露出了恐惧神情。

我一边两腿交替踩水，以保持身体直立在水中，一边全神贯注地盯着她，我努力在肮脏不堪的嘴角挤出了一个微笑，然后朝她们挥了挥手。

加　速!

都是那个实习生的错，我根本没要什么拿铁咖啡，他却递给我一杯，结果一发不可收拾了。几个月前我刚到伦敦，在此之前我没喝太多咖啡。说"太多"是因为我喝过几次。当然，十几岁的时候我对咖啡很好奇，于是试着喝了几口，想着这样能让自己看上去显得老练成熟，但呛出了眼泪。每逢星期六，我偶尔会喝杯含糖的星巴克生奶油摩卡奇诺咖啡，然后在当地购物中心空荡荡的大厅里徘徊，或者在图书馆走来走去。但大多数情况，我一直搞不懂咖啡的苦味、醇厚，也不懂每一口咖啡是怎么让我的心跳变得越来越快的。它还让所有事物的颜色都变得更加明亮，边缘变得更锐利，仿佛某只小精灵弄坏了我大脑里的图像处理程序，还把图像对比度调得越来越高。

说起实习生和他递给我的拿铁咖啡，那是我大学毕业后的第一份工作，我承认早些时候我并不理解这项工作。不仅仅是字面上的不理解（我的大脑每天都乱成一团，我曾在简历上写我擅长办公软件里的表格制作，虽然并不想说谎，但我肯定对这一软件的诸多功能还不了解），其实我对自己在这家公司的存在价值也不理解。公司的业务似乎很有趣而且很重要，但如果要我言简意赅地解释一下我在公司的角色，甚至是公司在更大的社会中的角色，我恐怕会支支吾吾。因此，那个实习生走近时，我承认自己感到有些不安，在那天早上冷酷的办公桌抢夺大战中，我抢到了一个工位，我现在不确定自己是否配得上这个位子。于是我只点了下头就接过了咖啡。我想让自己表现得很有威信，显得我很熟悉办公室的日常，所以根本不需要对实习生说什么话。

关于这点我想说——我一直对任何能影响大脑化学反应的物质保持警惕。我只喝一点酒，从不碰疗效太强的药。我从不冒险，一生都在拼命工作（除了夸大自己使用 Excel 表格的能力外，我的简历近乎完美），我才不想让自己的努力白费。我从不赌博，因为我坚信，无论什么时候你去赌博——赌场总是赢家。

我仍然渴望向实习生证明自己属于这里，所以我喝了一大口面前的热咖啡。也许是由于长期暴露于城市恶劣的空气中，我的味蕾发生了改变。虽然在咖啡的浓烈刺激下，我的胃在翻滚，但我还是立刻觉得它的味道很诱人。

咖啡的味道在我体内弥漫开来，我看了看自己。我打量了一下面前的桌子和电脑，又仔细看了看堆积的文件，我知道自己必须行动起来了（虽然那天早上我根本不清楚交到我手上的这些文件是什么）。我注视着这一层敞开式办公室，这里有盆栽植物、饮水机和软木板，软木板上面钉满了数百张鲜艳而让人无法理解的图表……在这个新世界中我突然感到更自在了，甚至有种在家的感觉。

在接下来的两小时里，我开始工作并且完成了许多任务，这比我记忆中任何同等时间内完成的量都多。我对这项工作不了解，也不明白工作的目的，不过没关系。闷头做事而不提意见就很容易。我从任务清单上划掉一个又一个任务，对着同事微笑，甚至还和他们开玩笑聊天。我直接忽略了那个实习生。尽管咖啡还是没有消停，在我的消化系统深处搅动，但在伦敦上班让我很开心。终于，我体会到了自己一直想要的那种感觉。

*

我一直都是先喝一杯又一杯的拿铁咖啡，最后再喝杯卡布奇诺，直到我尝了馥芮白咖啡——同样是咖啡，却比卡布奇诺口感更复杂。我喜欢它们更浓郁的口感，它们不像泡沫牛奶和巧克力屑那般迎合孩子的口味。

不久前，我会在没人看着的时候喝咖啡。比如周末，我会穿行于伦敦的街道，手里拿着外卖杯，激动地小口抿着杯里温暖的咖啡。我发现这种行为对我的心情有着神奇的影响，不知怎的从根本上提高了我的目标感。咖啡使我内在的律动与城市的节奏保持同步，我感觉好像每天喝第一口咖啡时，我就能定位到大脑中的开关，并按下启动键，随后我能在不到一小时的时间内完成大多数普通人整天才能完成的任务。

我好奇地看着其他喝咖啡的人，喝下这美味的咖啡后，他们是否也会有这种奇怪的能力？但我仔细观察后得出结论：他们不可能会有这种能力。在我们社会中，围绕咖啡展开的话题都过于关注休闲，所以我说不可能。周日早晨，人们在厨房餐桌旁翻翻报纸，不去看头条新闻，只是随便看看有关时尚生活的增刊，而我所经历的那种快节奏的生活与这种生活完全不同。在我看来，即使只是在原位上放松地坐上几分钟，也很荒谬可笑。

我看着办公室的同事，意识到自己不再认为这些穿着防静电涤纶西装的年长男人有多么老练。他们太慢了。动作迟钝，思想愚笨。他们经常犯错，犯数不尽的小错误——在电子邮件中用错撇号，或把文件随意放在柜子中错误的文件夹里。不用说也知道，我发现并迅速改正了所有错误，甚至没人注意到我做了这些事，我也并不想要认可或称赞。我不在乎老板是否喜欢我，因为他也不过是个穿着涤纶装、成天慢吞吞走路的懒鬼。我只是无法忍受他们犯的错误一点都不优雅，所以我必须纠正。

那种毫不优雅的姿态比其他任何事都更令我不快。我内心世界加速，所以做所有工作的效率都提高了。威廉·莫里斯说过一句古老的格言："不要在你的家里放上任何没用或不美观的东西。"我不仅按这个格言收拾自己的房子，而且还把它刻入思想，体现于行动中。虽然我的确能在身边看到一些和我相似的人，但走在市区，我不禁注意到，似乎并不是每个人都能适应这种更高效的生活。我突然意识到，能这样进入生活的快车道是一种特殊且令人羡慕的能力。说不定是种超能力。

*

我在一家意大利餐厅遇到了安娜丽丝（我已经很久没有自己做饭了，因为没必要为此浪费时间）。安娜丽丝的记忆力非常糟糕。我吃着意式煎小牛肉，抬头正好看见她开始在角落的临时舞台上唱歌，那时我便觉得她是个麻烦，不让人省心。大量的胡椒研磨瓶和用于生日聚会的餐桌、老夫老妻坐的餐桌和初次约会情侣坐的餐桌把我们相隔开来，穿过这一切，我们的目光最后交集在一起，这样的方式似乎总能在电影中见到，但在现实生活中却很少发生。她在一片混乱中静静地站着，唱着"哈利路亚"，毫不慌张。

第一次听到安娜丽丝唱歌时我就注意到，她所拥有的那种静止的特质与其他人慢吞吞的举止十分不同。我的同事、一些游客和老人偏偏要在高峰时段乘坐公共交通工具，他们这种慢吞吞的行为让我很心烦。而她既不迟钝，也不笨拙，而且一点也不低效。她浑身散发着自在的气息，而且她每时每分每秒都泰然自若。

所以，她是我见过的最美的歌手之一。比如，对她来说，一旦开始唱"哈利路亚"或与之有关的歌词，仿佛"哈利路亚"的起止就是宇宙的起止——每句歌词都唱得一样饱含情感，完全没想过要急匆匆唱到结尾——因此听众完全相信她。听众不仅相信，更准确地说，他们成了她的同谋。无论如何，那便是我在那儿看到她时的感觉。我其实一点也不喜欢"哈利路亚"。显然，我并不想陶醉其中，但我仍然被催眠了，我并不是受到了她的话或歌曲旋律的影响，而是她唱歌时施展的特殊魔力影响了我对时间流逝的感知。受这种力量影响，我不再要求每秒都能对得起我花的钱，不用说也知道我被迷住了。

她唱完后来到了我的桌旁，显然她并不急着过来，因为在路上每遇到一个因为音乐向她表示祝贺和感谢的人，她都会停下来与之交谈。她向我走来的速度不快不慢，我甚至开始怀疑，我们目光交集碰出电火花的那一刻是不是我的错觉，她是不是根本没朝我这边走。而我只能静静地坐着等待。我想站起身冲向她，或者干脆放弃，离开算了。我摆弄着叉子、烛台和咖啡杯（那时我已经开始喝浓咖啡了），用指甲敲了敲辣椒油瓶的侧边。然后，我从包里摸索出手提电脑，打开电脑开始做一些我揽下的兼职——只是一些文字编辑工作，没什么了不起的，我大概是觉得本职工作太枯燥了，并不具备挑战性，才需要填满新的空闲时间，毕竟我很快就能把所有事情做完。她最后出现在我面前时，我已经编辑到了文档的第八页。

"你还好吗？"她说，"我只是……只是看你一个人在这儿。你看起来很疲倦。"

我点了一瓶酒。我对待酒精的态度通常很谨慎，但面对安娜丽丝，我觉得似乎应该喝点酒，我突然变得没头脑。我让她坐下来。

聊着聊着，我注意到她的动作和做决定的速度甚至比普通人还要慢。具体说来，在聊天过程中，她经常思绪停滞在一半，然后喝口酒，缓慢地深吸口气，然后闭上眼睛等待余味渐渐从唇边消失。只不过她并不是在等待余味消失，我才是那样，我脑子里总是想着时间到了我就快点再喝一大口，整个过程都如此匆忙。我想那些老套又浪费时间的时尚杂志里说的"活在当下"形容的正是她吧。她几乎不设想未来，也从不谈论过去，我并不感到惊讶，因为现在我知道了她记忆力差得吓人。她的动作非常完美，并不是因为想和我一样竭尽全力省时省力，而是因为这些动作纯粹就不带任何目的。她的行为毫无目的，也不提前计划，所以举止优雅、不慌不忙。

"你是我见过最美的人。"第一个晚上我喝了半瓶酒后对她说道。

"真的吗？"她说，"我还以为……至少你看上去……我不知道怎么说。你看上去好像生我的气，或者有其他不满。"

"我永远不会生你的气。"我告诉她，然后顺着桌布向她伸出手。

*

在遇见她之前，我就已经听烦了很多她唱的歌，她从来不花策略和精力去努力学习新东西。有时候在早上，我穿好衣服准备上班，制作清晨的第一杯咖啡时（我很早就买了台胶囊咖啡机），她才穿着睡衣摇摇晃晃下床，然后伸展四肢，浑身上下带着一种满足感，而她却毫不自知。她会蹑手蹑脚地走到客厅拿起吉他（遇见她后一个月内，她便带着吉他住进了我家，因为我觉得两人交往很长时间却不确定关系没有什么意义。而且安娜丽丝的现状窘迫，她似乎总是不好好找个地方住下，经常无家可归）。她会打个哈欠，拨几下和弦，然后唱些别的。她从来不会坚持唱完一首歌。她从没学完一首完整的歌，因为一旦她从那首歌里面感受不到简单的快乐，她就不学了。就是这么简单，我对此又爱又恨。要是不能坚持到底，她干吗要开始学习？这么浪费时间，我不禁觉得太不可思议了。

也许正是我们在价值观和生活节奏上的鲜明对比使我快节奏的生活变得更加轻松，因为安娜丽丝和我在一起生活的时间越长，我就越了解自己的能力。我已经习惯了每到下午就喝上六到八杯双倍浓缩咖啡，但我开始怀疑，宇宙赐予我的这种每天几个小时加速工作的能力是不是全有赖于咖啡因。我大脑中有个加速的开关，想要"启动"它，咖啡便是第一个跳出来的选项，同时咖啡也让我更容易找到这个开关。我忍不住觉得，如果我再多练习几次，也许——如果我想的话——完全不需要咖啡，就能真正找到自主提高做事效率的方法。

虽然有时候和安娜丽丝躺在床上时我会想：像这样加速，我是不是把更多的生活经历压缩进了有限的几小时内？我是不是正欣然冲向自己时间线的尽头？为了快节奏生活，我是不是要英年早逝？这么想似乎很荒谬。现实生活可不像是能滋生出新的浮士德契约。但我还是对这种交易感到好奇。这看起来似乎太好了，我不敢相信仅仅通过加快节奏生活就能活得更久。你应该还记得我对赌博很谨慎，我从未忘记赌场永远是赢家。我想知道安娜丽丝的想法。我经常努力思考这个话题，并请她给我答案。还好她记忆力很差，要不然我相信她一定会对我感到厌烦。

安娜丽丝的记忆力可是出了名地奇怪。她或许能因此摆脱过去不愉快的记忆，但我们两个在一起的时候，我开始受到困扰，不是因为过往的零星记忆，而是由于某种不确定感。我总是非常警惕，仔细确认自己觉得发生了的事是不是真的发生过。她从不会忘记歌词，但她总是忘记我们的谈话。她忘记了一些事的开始和后续，而正是这些开始和后续引发了我认为重要的一些时刻——接着，她连这些重要时刻也一并忘了。她忘了我们如何相遇，忘了我们的相遇地点，忘了我们第一次亲吻的地方。虽然她非常健忘，但她的感觉却持久得惊人。她对我说她爱我，我每次都相信。也许她根本不需要我们两人的共同记忆来证明她爱我。也许现在的冲动已经足够了。我祈祷我们之间会一直如此，我一人储存着两人的记忆——为我们两人储存那些她轻易就忘记的记忆。

*

我们的生活方式越来越不相容。安娜丽丝的日常是静止的，她听单曲，读抒情诗，而我却飞快行进，连散文都不能静下心去读，我需要栖身于一种更快的媒介。于是我们决定休假一周来解决我们的问题。

1　户外　萨默塞特郡的树林　下午 4:36

在一个晴朗的下午，阳光斑驳……剩下的一切。埃夫格尼（我）和安娜丽丝（显然是她）正在散步。

埃夫格尼

你觉得这样散步怎么样？你在想什么？

安娜丽丝

我……我不知道，真的。我只是……好吧，我想——可能听起来很好笑——我正在思考闻到的气味。

埃夫格尼

气味？

安娜丽丝

是的，没错。我很爱这种气味，你懂吗？闻起来……就像泥土的味道，真清新……不像在城市。这里的空气不一样，就像……就像在这里我们可以真正享受自由。

埃夫格尼

我们在城里也是自由的，无论身处何处，我们都是自由的。

安娜丽丝

但只有在这儿我们才能真正感受到它。

她停下来思考了一会儿。我（埃夫格尼）很不耐烦，不想听她表述自己突然萌生的想法。我继续大步向前走，时不时斜眼观察她的脸。

安娜丽丝

我不知道我们在这个城市是不是真的自由。我是说，你一直在工作，不是吗？这不像……好吧。你的时间几乎都不属于你自己。

埃夫格尼

我喜欢我的工作，安娜丽丝，工作能让我的大脑静下来。

停下，又继续走。

安娜丽丝

现在不也很安静吗？

埃夫格尼

你在说什么安静？

安娜丽丝

你的大脑。

埃夫格尼

抱歉，我走神了。

停下。

安娜丽丝

那么……你在想些什么呢，埃夫格尼？我们这样走着，你心里在想什么？

埃夫格尼

我——我在做计划。我在思考所有我想做的事情，还有下周需要先完成并重点关注的事情。我还在想自己还剩哪些时间段能用，我好把要做的事情安排在那些时间段。我想着这些——同时担心。

安娜丽丝

担心什么？

埃夫格尼

我不知道。像中东的局势。恐怖主义。还有，也许下周我们都会死掉，所以给所有事情做计划毫无意义，虽然这种可能性极小。我尽量不去想。这些想法就像收音机的背景噪音一样——它并不会占用我太多的注意力。

安娜丽丝牵起了我（埃夫格尼）的手。

安娜丽丝

你不能为那样的事情担心，你会疯的。

埃夫格尼

我知道。我当然知道。担心就是在浪费时间。

2 室内 酒店卧室 晚上 11:42

宜家通用配件和家具。埃夫格尼和安娜丽丝在黑暗中并
排躺着。

埃夫格尼

安娜丽丝？

安娜丽丝

嗯？

埃夫格尼

你会不会有时候觉得自己是两个人？你有两个分
身，而你寄身于其中一个里面，冷漠地观察另一个
的行动？然后，你突然又进入了另一个分身，隔着
一定距离，双眼看着你确信自己几秒前还寄身其中
的那个分身。突然，你不确定到底两者中的哪一个
才是真正的你，你又开始怀疑其实两个都不是你，
还有第三个你坐在另一边，评判着你的想法。你开

始怀疑那是不是才是真正的你，或者你仍在远处看
着他、打量他，他也打量着你的各个方面。

长时间的沉默。安娜丽丝侧身看向埃夫格尼。

安娜丽丝

对不起，埃夫格尼。老实说，我从未有过那样的
感觉。

埃夫格尼

哦，没事。

安娜丽丝

有时……有时我会想你的思绪是真的在我这，还是
又飘到了其他地方——制定计划或解决难题，或
者……我不知道。大部分时间里，我连你一半的想
法都搞不清楚。

埃夫格尼

所以你真的理解我的意思。

又是一阵沉默，他焦急地盯着她看——她为什么不快些回答呢?

安娜丽丝

对，应该是的。只是我从未有过那种感觉而已。

埃夫格尼

对。

沉默。

埃夫格尼（续）

刚才在树林的时候，我在想，也许我应该留出一些时间——也许每周都留出几段时间——在这些时间段我要努力专注于当下，专注于眼前的景色、声音

和气味……就在你谈论气味的时候我有了这个

想法——

安娜丽丝

气味？

埃夫格尼

是的。你开始谈论气味，我非常不能理解你的回

答，我觉得——

安娜丽丝

什么气味？

埃夫格尼

你不是……当然，你肯定不记得了。

沉默。

安娜丽丝

对不起。

埃夫格尼

没关系。

长时间的沉默。

安娜丽丝

我爱你。

埃夫格尼

我也爱你。

沉默。

3　户外　河岸　上午 10:23

安娜丽丝

（她很生气，这种情况很少发生。）

……抛开你的思绪，看看外面的世界，就看一分钟，埃夫格尼。看看你周围的所有事物。抬头，亲眼看一看。看看那些鸟，要么，我也不知道，看看那株植物，要么——要么看看我。看着我，埃夫格尼。请正视我。

但是，埃夫格尼（我）只是盯着前方。我不走路了，她也一样。但是我说下面一段话的时候也没有转身看她。

埃夫格尼

为什么？我为什么要看你，安娜丽丝？我有没有看你，到晚上你就记不清了，那么现在我为什么还要看你？

现在我转向她，其实可以说是开始责备她。

埃夫格尼（续）

为什么你的记忆力这么差？你到底做了什么才导致记忆完全消失？你是抽了太多大麻所以失忆了吗？你是吃了药？还是注射了麻醉剂或者可卡因？或者你只是喝太多了？或者完全都不是，你只是没在专心听而已？

那个周末我们明白了，在两人相互陪伴的世界里，其实我们比之前想的还要孤单。最后我开车回了伦敦，安娜丽丝坐火车回去。

*

我感到既孤独又懊悔，同时又有些不安，因为上周末躺在安娜丽丝身边时我意识到：现在大部分时间我的大脑要同时处理很多事情，我甚至觉得我体内有五个人——可是没有一个让我觉得是我的主体，能让我安心寄身，并真切地感受到自己的存在，这让我有些烦闷。比如，我某种程度上为安娜丽丝感到伤心欲绝，而另一方面却对此毫无感觉——每一种担心情绪都转移给了我的不同自我，以最大化地提升效率。因此，我减少了喝浓咖啡的次数，每周五晚上完成工作之后，我都会去上一节瑜伽课，然后再做我的兼职工作。我练习喉呼吸法、喝脱咖啡因拿铁咖啡，设法让生活回归散文般的节奏。

继我和安娜丽丝两周没有说话以后，现在我们沿着泰晤士河散步，讨论我们的问题。结果她根本不记得我们为什么会吵架。她在脑海中重塑了我们之前经历的事情，认为那没什么重要的——在她看来就是那样，因为她就是那样编造那些虚假记忆的。她自然不会明白我们为什么就不能和解。我不能跟她解释清楚。如果告诉这位我深爱着的美人说我们不能在一起，因为她总是轻易就忘记过去的事情，导致我甚至开始怀疑所有事情是否真如我记忆中那样，那我感觉自己是疯了。

那天晚上我从她身边跑开了。我沿着南岸一直走到了英国电影协会酒吧，在那儿点了一杯双份浓缩咖啡，才不管要不要少喝咖啡呢。我连上了无线网络，抬头看四周，看看周三晚上这个城市发生了些什么事——之前我都会空出周三晚上陪安娜丽丝。我定了一学期周三晚上的跆拳道课程，交了学费。然后我立刻精神振奋，猛喝了一口咖啡，我再次告别了简单的散文世界，内心世界开始飞快地运转，甚至连电影里的切分节奏和接跳剪辑都跟不上。我顾不上条理，顾不上逻辑，我换乘城市周边不同的地铁路线冲去工作，在手机上回复电子邮件，我看了看 BBC 新闻，看了看半岛电视台的新闻，还读了读《纽约时报》，我又看了看 WhatsApp、Facebook、Messenger、Instagram、Twitter 上面的消息，然后又继续看邮件，看 BBC 新闻。我又投入工作，我还有更多的电子邮件、电话要回，还有工作待处理，还要输入数据，整理复印件，要登记发票，要和同事打招呼，还有一杯又一杯的咖啡要喝。我努力完成一项又一项工作，在某些灵感乍现的时候，在手机的便笺应用软件上记录下自己的想法和感受，以此来追寻分散的自我的踪迹，只有在这些清单和想法里，我才感觉不同的自我合为一个整体。

咖啡

牙膏

垃圾袋

牛奶

火车上应该有卖书的手推车,还应该有专门推荐。

燕麦饼

咖啡

精灵牌洗碗机专用粉之类的东西

橡胶手套

护手霜

布洛芬

我不确定自己喜不喜欢跆拳道,我开始怀疑我的决
定了。

我的脑海里全是噪音,我快撑不住了。

我的心里一团糟。受到亵渎。劣质 BBC 电视剧中，一间
受到一名神秘警察突袭后的公寓。东西散落得到处都
是，与环境脱节。

世界末日似乎快要到来了，我受够了被爱情的不确定性
弄得四分五裂。

厨房纸巾

面包

人造黄油

肥皂

淋浴用品

谷类食品

蛋

咖啡

我坐在火车上，今天天气是那么好。我觉得你得这样看，
这意味着世界并没有在自我毁灭。

为什么火车上还是没有卖书的手推车？你们剩下的人都在做什么？我难道是整个国家唯一有新想法的人吗？

*

看了存储在手机上的便笺之后，我终于从伦敦的漩涡中抽身而出，乘上了火车。或者是某个我这样做了。我的其他六个分身还在其他地方，至少到现在为止我对此确信，因为当我回头看那些便笺，它们似乎是由不同的人在其他地方写成的。即使严格说来，他们是我的一部分，但我仍然不知道他们目前在做什么。我只知道他们都在空中，虽然找不到他们，但我并不在乎。

我看到的一定是浮士德契约中的交易。你未必会因为生活节奏太快而死得很早，你只是将自己分解成了很多碎片，这些碎片又分成更小的碎片——然后和大多数碎片失去了联系。它们飞快地旋转，偏离了自己的轨道，最后迷失方向，消失在不可名状的虚空中，陷入忙碌的假象。也许我的某个分身正和安娜丽丝待在一起……噢，我的注意力太分散了，坐在火车上的我不应该再去想安娜丽丝了。他正高兴地看着窗外的云朵、羊群和起伏的绿色田野。他——也就是我，坐在火车上的埃夫格尼——衷心地感谢推着餐车的女士给我加满了咖啡，而另一方面我又沮丧地想，如果是因为要在有限的时间内做更多事，所以才自我分散，那么赌场真的是永远的赢家——我一部分注意力碰巧集中于填一份关于汽油费用语音自动付款服务的问卷，想到这，我的这部分注意力又分散了，它为掌握了赌博的根本规则而沾沾自喜。我尽力让自己往这方面想，保持这种情绪，毕竟那一刻他是最快乐的——随后，我看向窗外笑了笑。

我在巴斯温泉站下了车，这一站离安娜丽丝和我之前计划度过浪漫周末的地方最近。我直接走进了那片林地，之前安娜丽丝就被这里新鲜空气的味道深深地吸引住了。我站在那儿，用鼻孔不断吸气，我虽能控制身体各个部分，却什么也感觉不到。

走路的时候，我的思绪飘到了《纽约客》杂志中关于理想关系的文章，又想到我的实际状况，两者之间的差距非常讽刺，也很好笑，但我还是在仔细寻找气味。我朝林地外面走着，觉得已经看烦了景色。我选了一条岔道，希望见到更好的景色，接着我走出了树林，进入山坡上一片高高的田地。

*

他（也就是我，埃夫格尼）沿着山坡朝着车站前进，据我最有乡村情调的那个自我所作出的判断，这条路最近，而且最有趣多变。正在这时，什么东西进入了我的视线并吸引了我的注意力：一种图案，一个完美解开的谜，空中有什么东西，它们呈流线型。数百双翅膀同时前后摆动，就像散落在磁铁前的铁屑，又像鱼群，还像一滴水银在长椅上来回摆动。这种东西虽然在理智上难以理解，但我内心是想得通的。我只知道人们通常称这种景象为椋鸟群飞。如果你没见过，现在可以去油管网站上找找看。神奇之处全在于它（或它们）移动的样子。我还是不确定要怎样表达才更合适，但是我觉得，当一群椋鸟在我面前飞上天空时，它们是如此美丽。其实也不用去油管找。如果你有时间，坐火车去看看吧——我的这种学习方式怎么样？总之，这群椋鸟飞翔时，仿佛每一只鸟的想法都相同，它们共同组成了一个整体。午后的阳光依次照射到每只椋鸟翅膀的底面，光线在流动的鸟群中慢慢前移，极优雅地转换着，从不同的角度以不同方式照射着，这时某种感觉刺激到了我的腹部深处，随后猛地向上冲进了我的胸腔，我感到异常疼痛。我停了下来没有再走，只是盯着鸟儿看。

我的分身分散在城市各处，做着不同的工作，遇见不同的人，还出现在各种不同的新闻频道和直播中——我的分身甚至分散在世界各地，有些身处过去我在某地记录下的重要事件中，一些我自己都不知道的分身在未来会疯狂地制定计划——但好像在这片田地上，我的所有分身合而为一。我终于可以自信地说，有这么个时刻，他们透过同样的眼睛看世界——我的眼睛。我的感激之情无以言表而且……松了口气。内心精疲力竭。

因此，我们静静地站着，看着，我的分身们还有我，我们一起看着这群鸟以一种不可思议的磁力聚在一起，但我却没有这种磁力来控制自己的灵魂。这是一种在天空展示的绝妙图案，每只鸟在如此美丽的环境中闪耀，自由无羁。

我站着看，直到这种感觉慢慢退去。其实整个过程只花了几分钟，但我觉得自己故意多愣了会儿神，我一直待在那儿，直到觉得冷了才离开。

下山时，我拿出手机给安娜丽丝打了电话。我想：她会感谢我最终想通了。我听着手机里的响声，心里想我到底经历了什么？我该怎么跟她解释她才会明白呢？要告诉她我看到天空中鸟群组成的美丽形状，由此悟出了宇宙的和谐吗？不。这样太老套了，而且对现实过于简单化了。那我该怎么做？

她的手机不响了，随后转接到了语音留言。她在做什么竟然不接电话？安娜丽丝从没有不接我的电话。我又拨了她的手机号，铃声又响了起来。

那些鸟不可能仅仅只是鸟，否则我为什么会因为它们而如此感动呢？它们肯定象征着一些更宏大、更普遍的东西。但我体会不到那种感觉了，无法清晰地回想起来，因此即便是对我自己来说，我也解释不清楚，不能让它合理化。我可能目睹了一些非同寻常的东西，但现在我只是一个打着电话，飞快地走下山，努力让体温升高，并在天黑之前赶达火车站的人而已。

手机铃声仍然在我耳边响着。我想我只有几秒的时间来决定对她说些什么。好吧，我想我会告诉她……我刚才站在萨默塞特郡的一座小山上，我发现真的有顿悟，虽然生活可能充满失望和恐惧，但在清醒的时刻确实也可以感受到短暂的和谐，只要你把握住，那一瞬间你会产生一种类似于自己得到救赎的感觉。是的，安娜丽丝会有同感。但她为什么还没接电话呢？在等待的时候我打开了手机的免提，然后又看了看新闻的头版标题，我走到了下一处地方，她的手机铃声仍然响着。

平屋顶

安妮的新公寓有个平坦的屋顶，她可以从楼梯口的窗户爬出去，坐在她称之为"家"的混凝土巨石上，看着眼前的世界。她喜欢远处的钟声传到她的耳边，钟声可能是从城市另一边传来的。有时，她可以听到邻居吵架的声音，他们在下面的院子里互相大喊大叫。

她经常在那儿唱歌，或者在汤姆的吉他上弹奏和弦，哼着他过去唱的歌曲的旋律。她也尝试写一些东西，仔细选择合适的表达来记录失去汤姆后的感受。她也给父母写了信，信中向他们道歉，解释发生了什么，并询问既然汤姆都走了，他们某个时候要不要再见自己一面。她从来没有寄出那些信。她只是将它们折叠成纸飞机，然后从屋顶投向天空，她看着整个城市的屋顶，那些纸飞机就像树叶一样在风中飘扬，又像盘旋在她周围的小鸟一样飞翔。

海鸥在盘旋尖鸣，为栖木和食物打斗；鸽子在振翅啄食，与在家里的样子相比，它们在这座城市显得狼狈不堪。乌鸦上下飞来飞去，用尖利的爪子和喙叩击着混凝土，它们看上去更加凶猛、更加无情，让安妮觉得不舒服。一些较小的鸣禽，如黑鸟、椋鸟、麻雀和其他雀类在屋顶四周边缘的低矮横杆上跳来跳去，安妮看着它们的翅膀，它们的声音和安妮低声吟唱的歌声混在一起，她沉浸在熟悉的曲调中，努力去听背后隐隐约约的声音。

安妮可能在屋顶上待了太长时间。这些天汤姆走了，而她在这座城市又没有工作，而且强烈地觉得她需要再多一点点的时间才能去找工作，她其实也没有其他需要去的地方。这儿似乎是个好地方，就这样静静地坐着消磨时间，等着自己准备好再次面对世界。

整个二月她一直在等，瑟瑟发抖的她裹上了汤姆的外套和一层又一层围巾。三月她还在等，那时树上长出了新的叶子，高过城市屋顶的树冠上满是绿叶。她等到了四月，第一批燕子飞过来了，它们展翅向下俯冲。

她的肩上仍披着外套，但她解开了几条围巾，她感觉屋顶没那么令人讨厌了——不仅更暖和了，而且气氛也温馨了。大概在这个时候，她注意到鸟群的行为肯定发生了变化。刚到屋顶的时候，只要她坐在那儿，鸟儿便很少飞下来，它们只是飞来飞去，叽喳乱叫，就像是因为领地被侵占而受到冒犯。现在它们似乎已经对她习惯了，随意在各处啄食，振翅飞翔。在最初的一两天，安妮因受到忽视很不服气，和这群鸟儿一样，她也有待在屋顶的权利。不过后来她意识到自己并非受到了忽视。相反，在她到来的这些日子里，它们已经习惯了她的存在，所以现在它们几乎把她视为了自己的一员。

她想明白了之后，就觉得坐在椅子上观察它们在自己周围玩耍、打斗、跳动、小步地移动变得很有趣。她甚至不再唱汤姆的那些老歌，而是开始创作一些简单的旋律，她希望这样的旋律能表达她此刻的心境——身处鸟群之中，当麻雀和燕子自由地掠过天空之时，观察它们的模样。她在脚的四周撒了一些隔夜的面包屑，甚至还伸手喂了几捧给几只可怜、疲惫的鸽子，她只能为它们做这些小事，鸽子飞到了她的双手、胳膊和肩膀上，最终在那儿边吃着食物边休息。

四月过去，五月来了，太阳在她头顶炙烤着，尽管安妮现在需要防晒霜来避免皮肤晒伤，她仍然穿着汤姆的外套。毕竟，现在还不是夏天，晚上有时还是会很冷。而且，如果没有外套保护的话，如果鸟儿飞到她身上，她会觉得它们的爪子太尖利了——而且……好吧。尽管距离汤姆最后一次穿这件外套已经过去了几个月，但她确信上面仍有一点他的气味。

随着她的认识逐渐深入，生活在这群鸟类之间也变得令她异常兴奋。比如，六月的一个下午，一只海鸥叼着一根鸡腿飞到了屋顶，一群竞争者在后面追赶着它。它们在屋顶打斗、尖叫、盘旋，不时撕下骨头上的小块肉，如果对手离得太近，它们就会互相撕扯。那时安妮坐在椅子上，一群小鸽子也飞到了地上充当观众，它们聚在安妮的脚边，激动地点了点胖乎乎却小巧的脑袋，交头接耳，希望在骨头上的肉被啄完之前，海鸥就腻烦了，那它们就能吃到些剩余的肉。安妮的脸上挤出了一丝笑容——这是几周、几个月甚至是半年来她第一次笑——那一刻她忘记了自我，加入了鸽群，成为那场打斗的另一位观众，并欢快地为喜欢的海鸥大声助威，并提醒它们当心。当打斗变得激烈时，她也会挥舞双手。

她裹着外套，被新朋友快乐地包围着。有时候，它们会一下子全都飞起来，仿佛所有鸟儿都是由一个大脑控制，这时她才会觉得自己不属于它们。她永远无法检测到触发这些大规模起飞的信号，即使她能够做到，她也不知道自己该如何应对。毕竟，她不能参与其中。但尽管如此，她还是希望能有一些提醒，这样也礼貌些。至少，它们最好别在她话还没讲完就飞走。不过，她觉得这正是这座城市里人们的处事风格。毕竟人们已经向她提示过，他们说在这座城市人们会突然地消失。

当鸟群以这种方式离开时，她总会从椅子上跳起来（跟鸟群相比，她迟了一步；她幼稚地希望鸟儿不会注意到这一点，但她并没有信心），并跟着它们一起跑到屋顶的边缘处。她会站在那儿，双手扶在横杆上，注视着鸟群飞向天空，身子尽可能地向前倾斜，她还会因为阳光感到晕眩。她不得不提醒自己它们是鸟，需要不时地飞走，这是它们的天性。就像她是人，双脚着地是她的天性——即使那个混凝土地面在城市上方六十英尺的高空中。因此，当它们飞翔时，她并没有感觉自己被抛下。不管怎么说，就算被抛下也不会很久，因为它们每次都会回来。

可是有一天，它们没有飞回来。那天是星期四，安妮那天早晨爬上屋顶时，觉得非常奇怪，一只鸟儿也没见到。这不像刚开始时的那种情况，那时她第一次爬上屋顶，鸟群都在打量她，它们沿着屋檐盘旋，思考她是否值得信任。可是那天，一只鸟也没有。当然，至少有一些在远处飞翔，它们有明亮的天空作为映衬。但是没有一只鸟近到足以让安妮看到它们的脸、眼睛，或者翅膀上的一根根羽毛。

她整个早上都在等着朋友们回来。可是它们并没有回来，于是她从窗户爬了回去，去厨房做了份奶酪三明治。她吃得很快，随后站起身，又爬上了屋顶，她把外套裹得更紧，略微移动了下椅子，把椅子移到了午后的太阳光照不到的地方。

鸟儿不在，她不知道该做些什么。她所有喜欢的日常活动都是围绕着它们进行的。要是身边一只鸟也没有，她就不能对着它们唱歌或创作新曲子。不过最近她也没花太多时间做这些事。这的确让她感觉有些愧疚，不过汤姆的那把旧吉他在过去几周大部分时间都靠在窗户边的墙上，就在卫星天线旁边，而她大部分时间也只是在说话，和鸟群中的某几只进一步交朋友。她喜欢听鸟儿发出那种奇怪的声音，喜欢它们啄食的方式和鸣叫时摆出的姿势，它们的脖子并没有明显的抽动。

她把所有事情都告诉新朋友。这种感觉真是太好了，简直如释重负。她终于大声说出了所有事情，而不只是给父母写一封又一封信却不寄出去。她向关心自己的善良的鸟儿们讲述这件事，它们甚至从未见过汤姆，却以同样的善良、理解和热情认真地倾听她所说的关于他的一切，这种感觉真是太美好了。不过，她不仅说起汤姆——或谈论他们那个还未取名便已经失去了的孩子——她还对鸟儿讲了那些快乐、平静的日子。讲了西部家乡的那个小镇，那里的一切都是用金色的石头建造的，每次太阳出来砖块都会发光，就好像石头深处有火被点燃了一样。她还讲起了小时候自己养的豚鼠，以及家附近的山坡，在那里可以看到火车站。每年夏天，爸爸妈妈都会带她去那儿野餐。她还讲起自己很感谢能够在这座城市找到一个属于自己的地方，她感到很庆幸，这里有着新的生活，还有一群美妙的朋友，几个月前，她还以为这种事情不可能发生，她甚至想都不敢想。她告诉它们，她从未像在屋顶上那样感到如此安全、受到照顾，尤其是在夏日傍晚的昏暗光线下，周围都是长着羽毛的友好面孔。它们点了点头，许多双眼睛微笑着表示感谢。

现在突然间她又是一个人了。她知道担心很愚蠢，它们明天可能会带着一堆冒险故事回来。她只希望它们能事先告诉她。那样的话，独自一人坐在这里，想想它们在远方可能会遇到什么，这样就会很好。但是她不介意。她再次提醒自己，偶尔需要飞走只是它们的天性，就像她必须得站在地面一样。她多么希望自己之前和它们一起拍了几张照片。以防它们突然离去。

她坐在椅子上一直等，直到夜幕降临，温度越来越低，她更用力地依偎在外套的褶痕里，甚至没有离开屋顶去喝杯热饮或拿个毯子。如果鸟群回来了，她不希望任何一只鸟觉得自己忘记了它们。

直到大约十一点半才有了动静。这时候，整座城市比往常更加漆黑，星星已经出来了，星群呈现出图案，闪闪发光，像往常一样被远处飞机纵横交错的光线覆盖。

刚开始她注意到地平线上出现了错位：天空的一片区域比她周围其他闪闪发光的广阔星域昏暗。那儿没有光，星星很少。她注意到那片区域越来越大，越来越大。

那片区域非常辽阔，就像一朵发出轻微沙沙声的云朵快速向她席卷而来。那是一只体形巨大的鸟，它占据了半边天空，它就是一只长着翅膀的野兽，比安妮之前见过的鸟群都要大，它飞过城市，一直朝着她的屋顶飞来。

最后它离安妮非常近，她能辨认出它们的羽毛、眼睛和脸庞……她高兴地叫出声来，她在鸟群组成的舰队的前方看到了她最心爱的新朋友们，之前她告诉它们，能和它们一起在这座城市过新的生活，她感到多么幸福时，她确定那些鸟儿点头点得最认真。随后，她发现了自己熟悉且心心念念的朋友们，可是在它们后面，却有成百上千只长着她不认识的脸庞、眼睛和羽毛的鸟儿，她睁大了眼睛。它们看上去一点也不像这座城市的鸟类。她以前只听说过这些鸟类，它们的翅膀更宽，羽毛更鲜亮，爪子更锋利，它们的叫声也很陌生。

安妮早就从椅子上起身了，她站着，每次鸟儿突然离开，她也是这样站着：她双手握在横杆上，双眼望向远方。她在想它们今天飞了多久，它们是从多远的地方来的，在她做完奶酪三明治后坐在椅子上时，它们飞越了怎样的土地。

想到这些，一阵悲伤感突然涌上她的心头，但她不怎么顾得上这种感觉了，因为当这只巨大的夜鸟降落在她的屋顶时，她感觉有一百只尖利的小爪子抓着自己，它们紧紧地抓着她的手指，抓着她的头发，抓破了汤姆的外套，甚至还勾住了她的手腕、手臂和脚踝。

她突然很害怕，她部分心思想着要挣扎，要对正在发生的一切进行反击，并跑回屋内躲起来。那一瞬间，她就像个害怕溺水的女人，不愿呼吸，也不愿拥抱周围的洪水。

她睁大了双眼，从开着的窗户那儿寻找逃生路线，她发现了汤姆的吉他，它仍然靠在墙边。悲伤和希望的浪潮最终冲向了她，势头不减，她所有的不确定性都消失了。她向着鸟群把双臂张得更开了，让更多的鸟飞到她的身上，最后几乎每一寸皮肤和汤姆的旧外套都被一层层的羽毛覆盖。

接着，它们一致地挥动翅膀。它们动作轻缓地抬起安妮，令她害怕——起初她只是脚尖离地，随后她在盘旋、飞翔，悬在离地面几英寸的空中。

她叫出声来，非常畅快，就像鸟的叫声，如果她没受情绪影响，听到了自己的声音，那她肯定会感到惊讶。她的鸟类朋友回答了她，不同的脸庞有不同的声音，这些声音合在一起向她传来。她在想自己是不是疯了，她感觉到肩胛骨上长出一些奇怪的肌肉和雏毛，是真的吗？

她紧紧地抓住了横杆，并爬了上去，让自己站在横杆上，她仍被鸟群抓着，但身体没动，保持着平衡。她踏出屋顶，跌进明亮开阔的半空，她的双臂像翅膀一样展开了，她伸直了手指。

捕鼠人Ⅲ：新国王和老国王

母亲在我很小的时候就去世了。对我来说，她不过是我零星记忆中的点点温暖，宫殿中的欢声笑语，还有在我睡前唱给我听的小段摇篮曲。

直到最近，当我在东部地区旅行时，传来了父亲去世的噩耗。这是我人生第一次长时间离开宫殿，父亲的突然离世仿佛就是在责备我离开了他的身边。就好像某种超自然的力量在起作用，惩罚我的缺席。我敢说，整件事发生的时间都太巧了。

回到宫殿的那几周发生了什么我记不清了——一切似乎都发生得太快。不过，回去后第一个晚上的记忆还很清晰：我穿过前门进了宫殿，没有敲门，而是用了自己的钥匙开门，我不想吵醒他人，这样我至少可以一个人安静地待上几小时。我脱了鞋穿着袜子悄悄穿过大厅，然后从中央楼梯走到一楼，接着穿过主走廊来到一间小客厅。

我刚把手提箱放下，身后的门便咯吱打开了，我四下张望，心里感到很内疚，想着会见到老管家或姐姐，更大的可能性是，她某只丑陋的老鼠朋友会来嗅我身上的味道。可是，眼前的景象非常奇怪，让我吃了一惊——几乎算不可思议——因为门口压根儿就不是老鼠，而是一只小狗，它的脸滑稽且皱巴巴的，让我看见就想笑。这完全在我的意料之外，仿佛这个小东西知道我会来这儿，仿佛它是被某种神秘而强大的力量送过来的，就像专门欢迎我回家一样。

"你好，朋友。"我向它打了招呼，蹲下身去摸它毛茸茸的皮毛，"是谁把你送到这里的？送你过来照顾我吗？"

我伸出手让它嗅，它热情地在我手上蹭了蹭，对我充满了善意和信任。

"卢卡斯这个名字很适合你。"我对它说，晚上它蜷缩在炉火前的地毯上睡觉，我则躺在扶手椅上，用外套代替毯子盖在身上。冷风呼啸刮进屋子，我记得那时自己甚至有一会儿感到很快乐，我把我俩想象成了偷渡者，在一艘巨大的幽灵船上躲避风暴，靠在一起取暖。

我回想在那之后的日子，记忆再次变得模糊起来。唯一记得清楚的是我把卢卡斯抱在怀里，然后走上楼梯进了父亲的套房。我们游荡着穿过走廊和大厅，什么人也没遇到，只看到老鼠。我还记得自己感到很奇怪，因为母亲还活着的时候，四周到处都是人，虽然从我幼年起，宫殿里的人就已经大大减少了，但现在周围也不该那么冷清。

"你能感觉到吗，小卢克？"我记得自己当时这么说，"我在想出了什么问题。"

我试了试父亲办公室附近几扇锁着的门的把手，但都没能打开，我几乎快要放弃了，准备再去寻找壁炉取暖，但是突然，我手扶着的那扇门神奇地开了，非常顺畅，就好像门锁刚上了油一样。

我和小卢克走进了屋子，看到父亲躺在一张宏伟的四柱大床上，他的身体完好无损，他还穿着那种在国事演讲上才可能穿的衣服。卢克非常惊恐，不断咆哮哀嚎，或许只是因为房间里的气味太过浓烈：一种难闻的气味中夹杂着大量化学清洁剂的气味，还有满屋燃烧着的蜡烛散发出的甜味和花香。父亲看起来比我想的要老得多。他非常憔悴、瘦弱，身子十分干枯，全身精力都消失了。我转身离开，想尽我所能离得越远越好，但门口站着个人。我丝毫没有听到任何他向我走近的声音，他伸手想和我握手。

"我叫肖，"他说，"您的姐姐吩咐我来监督您父亲遗嘱的执行情况。恐怕并非所有事情都如您希望的那样交待得清清楚楚。"

"我姐姐？"我记得当时这样问他，"她无权插手此事。我父亲恨她。"但他只是盯着我看，卢克则朝他大叫，还围着他的脚踝不停地咬……

之后便是加冕礼。那天很奇怪，市民欢呼，老鼠到处都是，而我身处其中，穿着正式的衣服站在一段长长的台阶的最高处，我感到很不自在。在人群中我发现了姐姐，她朝我微笑，不过仍然看上去很生气。那时，我真的特别希望所有人都走开，希望自己一个人待着，只留下小卢克陪我，我只想远离父亲的遗体，远离姐姐和她的老鼠朋友，远离那个讨厌的肖律师。

不过我当时的确想到，树林中有一间小屋，不是吗？很久以前某个守林人就住在那里吧？我站在那里，仍然朝着市民鞠躬挥手，但下定了决心，这场折磨人的加冕仪式一结束，我便离开宫殿，只带上卢克和厨房的一些食物，我要就此消失，再也不进那梦魇般的大厅。

＊

　　可距我下定决心后还不到一个月，现在我又回到了父亲的房间，还坐在他的床边！蜡烛和香仍在燃烧，他那衰老的身体像以前一样平躺着——散发一股恶臭，我敢肯定，那一定是福尔马林的味道。我尽量不去管他身上那讨厌的药水味，我伸手去摸他那布满斑点的手——因为现在，那个着火的捕鼠人的形象还在我心里挥之不去，我非常着急，希望能得到一些建议。

　　我全神贯注，尽力想象如果父亲还活着，如果他只是病了，而我这个孝顺的儿子过来看他，那他会对我说些什么。但我完全没有头绪，记忆中他对我说的任何友好的话都不能让我安心。安静的房间让我本就脆弱的神经愈加不安，最后我打破了沉默。

"父亲，对不起。"我说，"我做了件事，可能很糟糕。恐怕我让您失望了。"

父亲依然保持沉默，一动不动。

"我现在该怎么办？"我问道，并试图避免太过粗暴地抓住他那脆弱的手，"请告诉我，父亲，求求您。我真的从未想过伤害任何人。那只是个意外，完全是因为我那一刻失去了自控力才造成的。"

我等着他开口说话，等着他给我一些建议或安慰，让我不再那么害怕那个可怕的早晨在森林里发生的事。当时我握着捕鼠器的木顶梁——那时捕鼠人身上还没着火，想到这点我便感到害怕——还把木顶梁拖入了火中。我在父亲身边等了又等，最后我再也无法忍受房间的寂静了，于是跑出了宫殿，跑到了树林，树冠上的每一声颤动传到我耳里都像天使振翅一样，他们从天而降对我进行审判。啊，显然，我就是个怪物，难怪父亲不跟我说话。

　　　　　　　　　　*

　　现在是晚上，卢克肯定生我的气了，我回到小屋看它。我必须密切关注它，因为它现在病着，身体虚弱，还不开心。

　　它蜷在我们平时待着的角落，缩在毯子里，小下巴搁在前爪上，忧郁的眼睛睁着，一眨也不眨。看到它这样我想到，也许在我们进入梦乡以前，它想做些别的事或娱乐活动来消磨无聊时间。但我却完全不在状态，想不到任何它可能喜欢的游戏。我非常紧张，甚至不敢想象自己把它抱在怀里然后安慰它。我们都被之前发生的事改变，变得完全不像我们自己了。不过卢克并没有为我的疏忽而抱怨我。我坐在它对面的地板上，它表情沉默，似乎仅仅想对我的懦弱表达一丝责备。

　　"卢卡斯，"我边搓手取暖边喊道——我想它一定也很冷，这些天我过于谨慎了，炉子都不敢点燃——"你会不会感到好奇，事情的真相真的和你以为的一样吗？"

我举起一只手揉了揉眼睛，注意到它一只耳朵朝我的方向抽动了一下。

"啊，卢克，"我继续说，并朝着它挪动了一点，"我真的很害怕，我开始怀疑自己的记忆是否可靠。最近发生了太多疯狂的事，这些事都不太可能发生，所以我那可怜又悲伤的大脑仿佛无法完全理解这些事情，也无法分清想象与现实。比如，我一直想要记住回到宫殿后那些天发生的所有事情，但是我发现从那时起——也就是几周前——我的记忆变得混乱不堪。还有我的父亲，卢克，他也让我感到困扰，卢克。因为我记得父亲不是……"卢克注视着我，毫无疑问，它在等我给出满意的解答，来解释自己冷淡、疏远的行为，但我感觉自己的眼睛开始打转，我必须歇一歇，用袖子擦擦眼睛，"我记得他不是那么残忍的人，不会不给我任何指导或建议就离开，"当我觉得自己又能清楚地说话时，又接着说道，"不会忍心留我一人在这充满阴险小人的王国，不给我留下任何有用的东西。"

但是，小卢克并没有表现出理解或原谅的样子，这几天里，我一直都感到沮丧，随时会哭，最后我生了病，做越来越多的噩梦……但是今晚，我突然被门口传来的声音分散了注意力。

"打扰您了，陛下。" 声音听上去很高傲——是肖在说话，那个自以为是的骗子。他正好站在我屋子的门口，还挡住了月光——"我不经意间发现您忘了带走厨房里的面包和水。"

他当然说得对。自从早上看到那个捕鼠人全身着火之后，我便一直没有胃口，但我从未想过他竟会以此为借口，假惺惺地来看望我，实则是对小卢克和我的处境感到幸灾乐祸。

"我擅自前来——希望您能原谅——我在晚间散步，顺便给您带了一些食物。"肖拉开了一张餐巾，里面露出一块面包和一罐水，他弯着手臂捧着——这和我每周从厨房拿的那些食物的外观一模一样——我给卢卡斯拿的比我自己的要多，其实从我还是个婴儿起，一点点食物就够我生存。但是，出于直觉我想拒绝肖，并让他立刻从我门口离开，可是这样一来我的小卢卡斯肯定要饿死了。

"谢谢你，肖。"我说，"你把食物放下——"我用沾着泪痕的脏手指向屋子里离我最远的角落——"放那儿就好了。"

"没问题，陛下。"肖说着，他放下面包和水，同时视线并未从我身上移开，"如果您不介意，陛下，"他继续说道，"我想说……"

"别再说了，肖，我很忙。"

"陛下，您缺剃须刀和肥皂吗？如果您愿意——如果您真的需要的话——我下次可以带一些过来？"

"谢谢你的建议，"我说着，每个字都说得非常清晰——我注意到自己的声音听起来与平时不同，要是有人在附近的话，他们也许也会说我的语气和讲话方式跟我的父亲非常相似——"谢谢你，肖，不过就算没有你的帮助，我在这里也过得很好……"我再次看向卢克，突然间我的蔑视之情全都消失了，我只感到筋疲力尽，"我对你今晚的任何把戏都不感兴趣，肖，别打扰我们了，我的狗不舒服。"

"当然，陛下。"

"今晚我状态不好。"

"您说了算，陛下。"

风吹得屋顶直颤动，小鸟在外面鸣叫，但他仍然没有走。

"我目前正在为您父亲的葬礼做安排。"他盯着我看了很久之后终于说道，"我相信为了葬礼您会及时转换成得体的举止。"

我突然感到恶心，不只是轻微的头晕。"葬礼，肖？"我那样问他，"不是——他真的必须——下葬吗？"

"这是惯常做法，陛下。"

"我很清楚这一点。但是，这是我父亲。"

"有什么问题，陛下？"

"现在你把他关在那个恶臭的房间，那里已经是监狱了，这还不够吗？"

"您又过去看他了。"他说。

"对。"

"您肯定几乎认不出他了。"

"不管怎样，我都能认出我父亲，肖。"

他只是耸了耸肩，然后拍了拍衣袖上的灰尘。

"肖？"

"怎么了，陛下？"

"你再说一遍，他是怎么死的——我的父亲？"

"死于年老，陛下。"

"仅仅是年老吗，肖？"

"当然，陛下。"

"你确定吗，肖——啊，我该怎么说呢？——你确定没什么更具体的原因了吗？"

"我不知道，陛下。因为您过世的父亲身体太脆弱了，所以很难确定他的具体死亡原因。"

肖的嘴唇开始上扬，最后微笑起来，我很少在他那张丑陋的脸上见到这种表情，我对这一表情完全没有好感。

*

他终于离开了我们，小卢克和我裹着温暖的毯子坐着，凝视着霜冻覆盖的黑暗墙壁，除此之外，别无他事。虽然我非常清楚我们在森林中，到处都是树木、飞翔的鸟儿和开阔的地面，但肖的来访似乎把空气中的所有生机都夺走了。时间一分一分流逝，最后几个小时过去了，我慢慢意识到，我还得去宫殿履行另一项职责。虽然我并不想留小卢克在这样悲惨的环境里，寻找腐肉的乌鸦还有老鼠可能钻进我们的屋子，而我却不能保护它，但我必须去。

"我现在必须离开一会儿，"我跟卢卡斯说，"我必须在他们埋掉父亲前去看他。"

卢克凝视着我——它那么小，完全没有抵抗力，但我仍然不忍心将他抱在怀里。

"我知道，小卢克，"我只能说出这么一句，"对不起，我知道。"

*

"父亲。"我现在回到了他的房间，紧紧握住了他的手，"父亲，我不想您被葬在深深的土里。父亲，您觉得呢？"

我更用力地握紧他的手，然后惊慌地意识到自己是在伤害它。这样很容易产生伤害。毕竟，这只手苍老无比、异常脆弱，手上的皮肤彻底失去了弹性，现在整只手在我的紧握下开始延展变形。

"父亲，啊，对不起！"我松开手，然后再次抬起它，把它重新好好地放在他的身边。我尽力——尽最大努力——把他的手指扳回原位而不伤害到他。"您累了，"我对他说，"我不该对您用这么大的劲，父亲，也许我根本不该来打扰您。"

我弯下腰，准备在他那如纸般褶皱的额头上吻一下时，我的脑海里浮现出一个奇妙的主意。

当然，这么做有风险，但肯定是值得的。可能会造成一些混乱，但没什么控制不住的。毕竟，这个世上我能为他做的也没剩什么了，但这件事我肯定是可以做的吧？在他唯一的孝顺儿子的陪伴下，他还能在这个世上享受最后一晚的自由吧？

我决定了，我要带他出去冒险，就只有我们两人，手挽着手一起走。我们彼此的步伐要一致，而他要把身体靠在我身上，一瘸一拐地走。当我们穿过宫殿，他还能把一些他觉得有趣的地方指给我看，我们会穿过大厅，把生机重新带回冰冷的房间。他还会给我讲故事，比如壁毯上画的故事，还会跟我讲壁炉为什么那样设计，然后他会一直讲通往舞厅的中央楼梯上的绘画主题……啊，我们会四处探索，以崭新的眼光看待整个宫殿，最后我们走得筋疲力尽了，那时父亲会看向我，问我能不能想到什么地方，让我们可以坐一会儿，让酸痛的双脚得以休息，还可以一起聊聊天。然后，我会带他去外面——就是外面！带他去树林，坐在草地上，坐在树下。他一直被关在那个糟糕透顶的房间，他有多久没呼吸新鲜空气了？我们俩坐在广袤的夜空下，我会将一只胳膊搭在他苍老的肩膀上，指着星星给他看。我会坐在他身边想："这样太完美了。"这对我俩来说都是一种享受，为什么之前我从未想过这样做呢？

于是，我轻轻移动手臂，抱住他的身躯——要是有人在看的话，那人可能会觉得那一刻我们在拥抱——就这样，我开始把他从床上抬下来。

但他很重，比我想的要重得多。

我之前想象自己可能会像抱孩子一样将他抱在怀里，就像那样抱着他，但实际上，因为他太重了，我只能换种方式，我得承认，最后我有点像是在轻轻地拖曳他的身体。我们一点一点从床移动到门口，每走一步我都说话安慰他，告诉他可以信任我，我会照顾他，但这般拖曳他非常尴尬。他的身体僵硬，难以移动，而他骨头上的肉也都松弛了，甚至有些不稳。我忍不住想，我现在做的工作如此繁重，要是换他来做，或许也无法独自完成。他有这么个勇敢又孝顺的儿子真是幸运。

感觉像是过了几小时后，我们走到了门口。我本打算带他走主楼梯，这样我们就能去大厅逛逛，然后从厨房旁的门出去，在那儿看星星。但很明显，刚刚那么短的距离却花了我那么长时间，我不得不重新考虑一个计划，让自己别那么异想天开。我不知道自己是否还有足够的力气扶着他走那么远，就算不考虑这一点，也得考虑父亲，我明白他现在比我想的要虚弱得多，你懂我的意思，我不确定他的身体能否承受如此艰难的旅程。因此，我不再带着他往宫殿的主建筑那边走，而是走向了城垛。

"没问题的，父亲，相信我。我们只需再走一小段路——最后一小段旅程。无论艾瑟儿和肖怎么说，您现在还不能入土！”

我想象他点头轻声窃笑，意想不到的冒险让他非常开心。

“就得这样，”我小声对他说，“最后一次狂欢，就我们俩。”

“就我们俩。”我模仿他的声音又重复了一遍，竭尽全力以一种和蔼、苍老的声音来匹配他的年纪。

我们离开时，他的脚拖在地板上，声音很大，我不禁怀疑这种旅行方式对他来说一定很痛苦。他非常坚强，他没有抱怨，甚至只字未提，或许是怕伤害我的感情。

“啊，父亲。”我一想到这点便呼了口气，我跪了下来，蹲在他身边，这样我可以用一只手将他僵硬的双腿抬起，另一只手扶住他的背。而且我发现，如果就像这样继续以蹲步走的方式拖着步子前进，我能很轻松地把他抬过走廊，而不会寸步难行。

我和父亲的配合相当顺利，突然我听到身后有沙沙作响的声音。我转过头去看那是什么——你也知道，我担心宫殿里的老鼠嗅到气味过来——但是我很快发现事实更糟糕。我姐姐就站在身后的门口，她的表情看上去像是有些焦虑，甚至有点恐惧。我们的目光相遇，纯粹出于本能，我弓身向前，弯腰挡住了父亲——如有必要的话，我已经做好了保护他的准备。然而，艾瑟儿似乎非常温和，她一动不动，一言不发。我打量着她一脸惊讶的表情，心里想"这倒不错"。也许看到我和父亲这样并排站着——有这般机会近距离观察我们之间的亲密关系——她会为自己还有以前对待我们的方式感到羞耻。我眯起眼睛看着她，继续缓慢地前行，心想她会离开的，不会留下来打扰我们。然而，她仍然看着我们，似乎呆住了，最后走廊上的弯道挡住了我的视线。

"不用担心，父亲，她不会再打扰我们了。"我说着，试图让他安心，语气听起来比我感觉的还要轻松，"她没什么了不起的，她什么也不是。她不会给我们带来任何伤害。"

啊，但是这一虚假的保证却困扰着我，我必须提醒自己，我虽然说了谎话，但用意绝对是好的。我只是希望父亲呼吸更轻松一些，希望他相信一切正常，虽然遇到艾瑟儿完全出乎我们的意料。所有夜晚中，唯独今晚，在这最后一趟旅程中，他可以相信自己的独生子有能力照顾他，我认为这非常重要。

最后，我们到了小木门，之前我一直带着父亲往这儿走——门后的螺旋台阶通往城垛——我只好让父亲在冰冷的地板躺上片刻，因为我要摸索门闩。啊，对此我真的很过意不去。他的皮肤已经非常冰冷了。

更糟糕的是，一旦我打开门，要想再次抬起他又会异常艰巨。经历了之前的重负之后，我的肌肉似乎不想这么快就又承担这样的重量。但是，我告诉自己，必须这样做，因为我们已经走到了现在，我希望能花最小的力气再次用胳膊架起他，把伤害降到最低。但是，什么才是架他上楼梯的最佳方法呢？我尝试了几种不同的方法，但很快就发现每种方法都不切实际、毫无用处，要么是很难受我无法承受，要么就是很容易给他带来疼痛，虽然他从未抱怨过。

最后我发现，如果我坐在台阶上，让他坐在我的下面，然后我用手臂勾住他的肩膀，我就能倒着走拖他上楼梯。这并不是最佳方案，他的双腿碰撞台阶，发出了剧烈的响声，但我知道他很坚强。哪一项值得进行的冒险活动不会在途中造成一些挫伤呢？

　　这种移动和撞击似乎没有尽头，我们终于到达了楼梯最上面一级。我推开门，把他拉了起来，结果我们俩头朝下摔倒在了城垛上，父亲和我的四肢缠在了一起，我们大口喘着粗气。啊，晚上出门真是太好了——终于只有我们俩——呼吸新鲜空气。

*

　　我的身体先恢复了，毕竟我年轻一些。于是，我脱下外套折起来，放在了父亲耷拉着的头下面。随后我尽力去摆好他身体的其他部位，以便让他感到舒服些。我把他拖到离房门远一点的位置，这样我们就能躺在一起，可以清晰地看到广袤的天空，而不会被城墙遮住。

　　"父亲，您知道所有星座的名字吗？"我们刚坐稳我便问他，"可以先从这个星座开始。"我一只手握住他的手臂，将其倾斜以便指向天空，"北斗星，"我告诉他，"或许是最容易发现的星座了，但我并不觉得它的魅力会因此而减少。"我用指尖指给他看北斗星发出的光亮，怕他的一双老眼不像以前那样能清楚看到东西。"那边那个，"我继续说，"那是飞马座，旁边的是仙女座，就是被锁住的少女。起初这些星座不是很明显，但过不久您就能一眼认出它们，父亲，我敢肯定。"

我打起了哈欠，把手放回我的身边。我突然感到非常疲倦，仿佛不知过了多长时间后，沉重的负担终于从我身上卸了下来。于是我把头依偎在父亲的肩膀上，缓缓地闭上眼睛。

"有一天，发生了一件可怕的事情，父亲。"我告诉他，"一个满口黄牙的人来到了我的屋子，他受了伤，身体很虚弱，他的口音非常滑稽，我和卢克想我们或许可以逗逗他，但这样做真是愚蠢。我们本应该让他一个人待着，我现在懂了。那样的话，也许一切都还好。"

像往常一样，他依然沉默不语，但他的沉默现在却具有强大的力量。好像他在认真听着，斟酌我说的话。

终于以这种坦率且轻松的方式跟他说了，我简直如释重负。于是我继续说着，与此同时，我的睡意也越来越浓。

"父亲，我以前从未想过告诉您。"我接着说，"虽然现在我也不知道原因，但是……我不确定自己是不是真的想当国王。不仅仅是为我自己考虑，您也明白。我忍不住想——忍不住觉得——当然……这些责任都让一个人承担是不是太多了？"

风从周围轻轻吹来，吹起了我的头发，轻抚着我的额头。我的眼睑紧闭，眼前一片漆黑，在这种舒适感中，夜晚似乎像一顶斗篷在我们周围旋转。这时一首古老的摇篮曲在我的脑海响起。我开始哼唱，最后……

"儿子啊，"父亲说着——完全不是我扮演的那种和蔼苍老的声音，而是非常严厉的语气，再次听到这个声音，我感觉它和什么东西有些相似——突然间，我又一次变回了那个不幸的孩子，来到书房见他，我用眼角斜视着他失望的脸庞。"儿子啊，"他对我说，"你迷路了。"

我在他身边左跌右撞，最后我撞到了城垛的外墙。如果那堵墙再低一点的话，我肯定会从上面掉下去。我尽全力从他身边慌忙跑开，我爬回门边，迅速离开了他的视线，我的眼睛再也看不到星星了，只能看到令人眩晕的漆黑石板。他的声音又响了起来，他的嘲笑声刺痛了我。

"你说你是我儿子？"他说，"跟我说说，我们有这么高贵的血统，怎么你就那么没用，那么缺乏判断力？甚至你邪恶的姐姐都比你适合当国王。"

我仓皇失措地跑过最后一段石板路来到门边，跌跌撞撞走下螺旋楼梯，最后撞到了墙壁上，我脚步慌乱，一下子踩滑了，从整个楼梯上滑了下去，我觉得骨头受到了撞击。我沿着走廊飞快地奔跑，跑下主楼梯，并从那位老管家身旁经过——她转过头，睁着近视的双眼朝我看——我穿过绿色的羊毛毡门，路过厨房，最后走出后门，冲向通往树林的雪地。今晚树林里到处都是黑色的翅膀，鸟叫声不绝于耳，影子晃来晃去。

*

最终，树梢上方的天空变亮了，我的恐惧感也消退了。我坐在雪地休息，却发现我完全不知道自己究竟身处何处，尽管我熟悉这些林地，就跟熟悉我自己掌心的纹路一样。我还没有找到回家的路，这到底是怎么回事？从我现在所在的方位来看，宫殿到底在哪里？毕竟，不管身处树林的哪个地方，都不可能看不见宫殿。它永远都在这里，不可能看不见。

我沉下气来环顾四周，很轻松就发现了宫殿，在黎明第一缕光线的照射下，它的正面在树冠上方闪闪发光，乌鸦像往常一样在上方盘旋。有了方向感之后，我感觉好多了，阳光给了我安慰，一时间我有些沉醉，想着要回家。我想象自己生起火，和小卢克一起依偎在炉火前，这样我们俩都能度过温暖的一天。到了晚上，我们会做游戏，除非觉得非常疲倦才会休息一下，然后继续玩拼图游戏。我的目光注视着那群在城垛上方飞来飞去的鸟儿，然后逐渐清醒过来，那个温暖又舒适的家现在已经没了，那个身上着火的人毁了一切，小卢克已经死了。

想到这些，热泪溢满了我的双眼，我打算放弃了，躺在雪地上哭泣。不过我开始回想一些其他事情，难道没有别的事要做吗？没有什么紧迫而重要的事？或许一些关乎父亲健康的事？我想起了自己是如何离开他的：把他一人留在寒冷的城垛上，他身体脆弱，连条可以盖的毯子也没有。还有乌鸦在头顶盘旋。

我站起身来，又穿过树林，选了一条最近的路回父亲身边，我慌乱地向前跑，并感受着初升的太阳带来的一丝温暖，乌鸦在我身边飞来飞去，它们呼唤着同伴，就像宣布我归来的传令官。最后，我穿过大厅，一次迈上两级螺旋状的台阶，直到跑回城垛。

"父亲，父亲。"我边跑边喊，"父亲，现在没事了。我没有忘记您，父亲！"

但当我跌跌撞撞跑进晨光的时候，一种残暴的行径正在上演。早上经历了捕鼠人一事后，我一直害怕乌鸦会朝着虚弱可怜的卢克俯冲下来，然而在我眼前的并非那群审判者，而是完全不同的生物，虽然恐怖，但说得通。毫无疑问，我看到了老鼠。父亲身上爬满了鼠群，它们体形巨大无比，即使我多年以来一直生活在这座鼠患成灾的宫殿，我依然感到惊讶不已。它们的体形实在大得吓人——可以说是专门被养成这么大的——仿佛这些年来它们一直在吃我姐姐在孤独时刻向它们投喂的食物，一直在繁殖，一直在吃，并且长得如此强壮，就是在为此刻做准备。它们之间似乎还有一定的规矩，在特定时间只有一定数量的老鼠爬到父亲身上。那些牢牢站在父亲身上的老鼠似乎也只能在规定时间内仓促爬到其他老鼠强健、发亮的后背上撕下一块父亲身上的肉。随后整个鼠群便跑到一个更加安静的地方——或许是城垛边缘高高的城墙处——它们蹲伏在那儿，牙齿撕咬着嘴里的皮肉，大口吞下夺来的食物。与此同时，新的鼠群又爬上了父亲的身体。"高效"是我唯一能想到的词，真是太高效了。

　　我小心翼翼地朝着父亲走近了几步，努力想轰走些老鼠，但它们完全没注意到我。于是我跪在地上，举起手臂挡住自己的脸，大胆摸索着爬进鼠群。我和它们较量，把手放在父亲身上，抢救本该属于我的东西。这时鼠群也爬上了我的身体，它们爬到了我的背、腿、手臂还有头皮上，成堆的老鼠又温暖又沉重。尖利的鼠足争相爬到我的身上。其中一只老鼠咬了一口我的手掌根——也许是误以为那是我父亲的肉——我将手臂朝着天空一甩，想要把那只野兽甩开。结果它依然抓着我，甚至缠在我的手上，它的爪子也紧紧地扣住了我。我不禁想："如果父亲早些时候就除掉了这些老鼠会怎么样？"如果他对我姐姐好点，花点心思给她寻找适合的同伴，而不是把她看作连害虫都不如的东西。如果父亲更爱她，我也不会在乎的。现在我一点也不在乎，如果他爱她胜过爱我，只要他有所行动——任何行动都好——只要能阻止她饲养这些怪物就行，这样的话，现在我就有机会和它们抗衡了。

刺耳的口哨声撕裂了空气，我没再看正在撕扯和咀嚼父亲遗体的鼠群，而是抬起头，看到一双熟悉的眼睛在离我最近的黑暗塔楼里注视着我，就像夜间燃烧着的煤块一样。我的第一反应便是觉得这不可能。我一定是疯了，要么他肯定是个幽灵，我的残酷行为导致他阴魂不散。我对他做了那样的事情，我看到他像彗星一样冲入树林，他每一寸肌肤都燃烧着，他怎么可能还活着？

然而，他看上去非常真实，他走出了塔楼，从屋顶照射下来的曙光映在他的身上。他出来时我非常震惊，他外套下的皮肤十分怪异，粗糙的皮肤上满是红肿和褶皱，还有一层层脱落的皮肤，就像洋葱的外皮，上面还有黑色的斑块和伤痕，以及起了水泡的伤口。有一阵子，我不禁认为自己盯着看的一定不是某个人，而是别的东西，比如太阳表面。

"陛下。"他说。他点了点头，他丑陋的脑袋上没有一根头发。他低头看着我和鼠群，他的表情我看不太懂。

随后，一只老鼠的尖牙刺入了我的脚踝，疼痛使我从恐惧中回过神来，我想起了手头的任务：将那些可怕的生物从我父亲身边赶走。

"陛下。"捕鼠人又喊了一遍——这次更大声了——但我全身心地拉扯着鼠群，从父亲胃部的肉上掰开一只老鼠，最后把我手上那只最难缠的老鼠甩开了。

我听到他又吹了一声口哨：他先是发出了一个刺耳的音符，然后吹出了一首曲子。他静静地吹着口哨，但是声音很快就变得非常响亮，最后变得和我之前听过的哨子声都不一样。怪声怪气的，完全没有美感，却像一声鸟鸣响彻黎明。啊，他的声音就像某种奇迹一样。我周围的老鼠不再撕咬，不再抓挠，不再打斗，听到声音后它们的耳朵起了反应，并朝空中嗅了嗅，又甩了甩尾巴。最后，它们在我可怜的父亲身上咬了最后一口便散开了，回到周围墙壁、石头的缝隙和洞穴中。

我坐在原地，喘了一会儿气，凝视着外面明亮的天空。我低头看着父亲的脸，却发现他根本不在那儿。除了森森白骨和残肉，他什么也不剩了。

"如果您想让他留有尊严的话。"捕鼠人说，我抬起头，看到他伸出手要给我什么东西。起初我躲了一下，觉得那一定是种武器，一种威胁，我把他伤得那么重，他肯定是到这儿来报仇的吧？

但是，低头看着捕鼠人起了水泡、腐烂了的手掌，我惊讶地发现他手上只不过是一盒火柴而已。他给我火柴是什么意思？他是不是也准备像我之前那样在我身上点火。

"为了您的父亲，陛下，"最后他开口说道，"这是最干净的方法，我做不到让那群老鼠长时间不出来。"

最后，我明白了他想让我做什么。我告诉他我做不到，因为肖有其他计划，而且我也实在是筋疲力尽了。但后来我不说了，我仔细地看着他，几乎看不出这个遍体鳞伤的家伙就是几天前晚上从树林过来找我的那个人，那个一心想要摧毁我在这个悲惨世界找到的一丝慰藉的人。

我伸手去拿火柴盒，指尖触碰到了他的皮肤，我尽力让自己不退缩。我的手颤抖得非常厉害，我试了三次才点燃火柴。他全程一直注视着我，好像在监督这一任务，确保任务顺利完成。最后，一根火柴点燃了，我仓促低语了几句祷告词——"亲爱的主呀，请保佑他的灵魂"——我扔下火柴，父亲的尸体燃烧了起来。火焰在喷溅，火慢慢变小了，似乎即将熄灭，最后火焰烧到了一块碎布上，那以前可能是件衬衫。火烧得非常快，我非常吃惊。肖在父亲身上涂抹的化学品一定改变了他身体的化学属性，所以才那么容易燃烧。我想把火柴盒还给捕鼠人，但他把手插进了口袋，摇了摇头。

所以我只好在火柴盒上刮另一根火柴，直到刮燃为止，然后把它丢在火焰周边，火苗在整具残破不堪的尸体上腾跃。

一阵匆忙的脚步声从我身后传来，然后一声刺耳的尖叫声让我清醒了过来，我本来正出神看着火焰在整具尸体上燃烧。我转身看到艾瑟儿从城垛上冲向我们，肖落在后面。这一次我姐姐和她的律师似乎不太和谐，艾瑟儿似乎有些震惊。她向我们走来，几乎没看我一眼——而我仍然拿着那个罪恶的火柴盒——也没看那个毁了容的捕鼠人。她的裙子拖在乌黑油腻的石板上，但她全然不顾，只是跪在地上，死死地盯着燃烧的火焰。

肖终于来到了她的身后。"我们最好派个人过来，"他看了一会儿现场，说道，"把所有这些都打扫干净。"

"所有这些。"他说得轻巧，好像这只是一点破碎的物品——就像茶杯大小的物体，可以在眨眼间打扫干净——他如此粗鲁地对待这么庄严的场合，我正准备表达我的愤怒，这时我的姐姐从沉思中醒了过来。

她的目光并没从父亲燃烧的躯体上移开，但她张开涂了口红的双唇，说道："够了，肖。我受够你了，请你离开。"

那一会儿他看起来很惊讶，甚至有些委屈。他耸了耸肩，并沿着城墙从我们身边往后退了几步，他坐在一堵石墙上，把手伸进口袋拿烟。

在那之后，似乎没有人想说话。我们看着燃烧的躯体，我的眼睛和喉咙因为呛人的烟味而感到刺痛。我想知道捕鼠人是如何承受住的。

在某一刻，火中已看不到任何人体遗骸的痕迹，烟雾似乎像焦油一样浓密，这时老太婆出现了，悄悄地站在我们中间。她也看了一会儿燃烧的火焰，行过十字圣礼后，便从楼梯上消失进入了宫殿。我不太期待她会回来，但不久之后她又来了，她拖着脚步靠近火堆，把手伸向衣服口袋取出了一块光滑的白色石头，就像我在旅途中看到的鹅卵石一样，这些石头遍布我们国家的东海岸。她笨拙地蹲下身子，把那块鹅卵石放在燃烧的尸体旁。然后她又异常缓慢地站直了身子，在口袋里摸着另一块石头，然后再次蹲下，将第二块石头与第一块放在一起。她重复这一动作，我已不再抱希望她会加快速度——我看到她沿着火堆放了一圈石头。她的动作有一种仪式感，对此我感觉很舒服。

不过，我姐姐似乎并不这样觉得。一时间，她和捕鼠人都像雕像一样一动不动，盯着火焰燃烧的两人明显都陷入了沉思之中。但是现在她似乎快崩溃了。

"这根本不是我想看到的结果。"她用沙哑的嗓音说着，"我不想他死，我不想，不想这样，我不是故意……我从没想过会是这样，我只想让他——"她停了下来，转过身看着肖，"你懂吗？"她问他，"你明白我不是故意的吗？"

他只是耸了耸肩，又点燃了一支烟。

我姐姐睁大了双眼注视着捕鼠人。"你真的，"她说，"真的能明白吗？"

之前，我以为他的外貌毁得太严重了，所以无法做出任何表情。不过我可以想象，那闪烁的火光和一缕缕刺鼻的烟雾缭绕在我们周围，他看向她时面部一定会有些痛苦之感。

"我不确定。"他说，"各种事我都明白——我明白为什么世上最卑微、最恶心的野兽如此行事——但尽管我明白，我依然设下陷阱，并投放毒药。"

他转身不再看她，而是看向树林。

之后，她开始对我说话："弟弟，"她说，"请相信我，对不起。"

我不知道该说些什么。我只是不确定地盯着她看，直到我再也不能多看一秒。我又看向火焰和老巫婆，她仍然在火焰周围一块一块地摆放着石头。

我姐姐开始哭了，刚开始还很小声，后来声音越来越大，最后完全控制不住哭声了。

在老巫婆把一圈石头中的最后一块放下之前，她一直像那样嚎啕大哭。随后，老巫婆站直了，整个动作还是像之前那样慢，她蹒跚走过了石板，并将一只手放在我姐姐的肩膀上。那一刻我以为艾瑟儿会像甩开肖一样把她的手甩开，但她仍然抽泣着，并抓住了母亲的手，扑进了她的怀里。

我看了她们俩一会儿，突然间我对她们感到厌烦，毫无理由，我对每个人都感到厌烦。与此同时，我的内心感到非常轻盈，很奇怪，就像刚刚清空的船只准备再次满载一样。我站了起来，甩掉了衣服上脏兮兮的灰烬。

捕鼠人——那个之前身上起火的人，那个想要复仇的狠毒的幽灵，那个一直困扰着我的人——现在背对着我，仍然盯着城垛。

"捕鼠先生，"我喊道，"谢谢你那样帮我，谢谢你帮我的父亲。天哪，我真的受之有愧。"

他转过身来，在清晨阳光的照射下可以看见他的脸上伤痕遍布、皮肉脱落，见到这些，我并不害怕，更没有颤抖。

"我只是做了我该做的事，陛下。"他说。

我笑了起来。"希望你能继续这样做，捕鼠先生。"我能说出口的只有这么一句。

他向我点了点头，我想我们现在是不是已经成为同伴

了——至少我们之间的相互理解将我们联系在了一起，不管
这种联系多么的脆弱。他的外套在微风的吹拂下鼓了起来，
他使我想起了那些乌鸦，我还躲在森林里的时候，它们让我
非常害怕。

我朝着火焰小声说出了最后一声告别——火焰现在快熄
灭了，整个过程也差不多接近了尾声——我最终从明亮的城
垛转身，慢慢走下楼梯。我站在门厅里，独自站在巨大的大
理石楼梯下面，这时我想起自己也许要为这里做些什么了，
我得重新照看这座宫殿。我决定打开所有窗户，并给捕鼠人
的工作提供一些帮助，这样他就可以真正铲除这些害虫了。

不过，在开始这些事情之前，我想到在树林中还有另一
件事要做，我想起自己让小卢克等了那么久。我决定洗洗
手，洗洗脸，穿上一套合适的衣服，然后我会最后一次走进
树林，一直走到我的小屋，在那里我要给卢克一个体面的葬
礼，它那么温柔、人畜无害，它也该有个葬礼。

致　谢

非常感谢我的经纪人彼得·斯特劳斯和编辑玛丽·安妮·哈灵顿。感谢火种出版社的各位。感谢马修·透纳、劳伦斯·拉鲁亚克斯、斯蒂芬·爱德华兹和RCW作家经纪公司的各位。感谢安德鲁·考恩、菲利普·兰格斯科夫、娜奥米·伍德、格蕾丝·布朗、莎拉·霍普金森、本杰明·S.莫里森、维多利亚·普罗克特，以及我所有东英吉利亚大学的导师和朋友们。感谢尼亚姆和麦克斯威尼一家对我的支持和为我创作微小说提供的灵感。感谢伊凡娜·普雷科波娃的理智、善良和智慧。感谢雅各布·谭勒和杰西卡·约翰内森·盖坦阅读了我的初稿。感谢B先生书店的每一个人，感谢当年伦敦大学学院作家协会的所有人，以及我在巴斯、伦敦和诺维奇的所有好朋友。非常感谢本·诺布尔，还有我的父母洛娜和石黑一雄。

Naomi Ishiguro

ESCAPE ROUTES

Copyright © Naomi Ishiguro 2020

This edition arranged with ROGERS, COLERIDGE & WHITE LTD. (RCW)
through Big Apple Agency, Labuan, Malaysia.

Simplified Chinese edition copyright:
2021 SHANGHAI TRANSLATION PUBLISHING HOUSE

All rights reserved.

图字:09-2020-406 号

图书在版编目(CIP)数据

逃生路线/(英)石黑直美(Naomi Ishiguro)著;
姚平,张北译.—上海:上海译文出版社,2021.7
书名原文:Escape Routes
ISBN 978-7-5327-8797-5

Ⅰ.①逃… Ⅱ.①石… ②姚… ③张… Ⅲ.①短篇小
说—小说集—英国—现代 Ⅳ.①I561.45

中国版本图书馆 CIP 数据核字(2021)第 126600 号

逃生路线
[英]石黑直美 著 姚平 张北 译
责任编辑/吴洁静 装帧设计/柴昊洲

上海译文出版社有限公司出版、发行
网址:www.yiwen.com.cn
200001 上海福建中路 193 号
上海雅昌艺术印刷有限公司印刷

开本 787×1092 1/32 印张 9.75 插页 5 字数 105,000
2021 年 8 月第 1 版 2021 年 8 月第 1 次印刷
印数:0,001—6,000 册

ISBN 978-7-5327-8797-5/I·5432
定价:68.00 元